KB248420

"우리는 함께
평등열차, 행복열차, 하모니열차를 타고 있습니다."

_______________________ 님께

_______________________ 드림

우리, 몇번 출구에서 만날까?

전국 최초 여성 역장의 지하철 속 삶 이야기

우리, 몇번 출구에서 만날까?

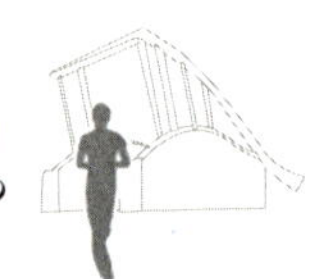

펴낸날	초판 1쇄 2011년 10월 6일
지은이	조애경
펴낸이	서용순
펴낸곳	이지출판
출판등록	1997년 9월 10일 제300-2005-156호
주 소	110-350 서울시 종로구 운니동 65-1 월드오피스텔 903호
대표전화	02-743-7661 팩스 02-743-7621
이메일	easybook@paran.com
디자인	박성현
마케팅	서정순
인 쇄	네오프린텍(주)

ⓒ 2011 조애경

값 12,000원

ISBN 978-89-92822-78-7 03810

※잘못 만들어진 책은 바꿔드립니다.
※지은이와 협의에 의해 인지를 붙이지 않았습니다.

이 도서의 국립중앙도서관 출판시도서목록(CIP)은 e-CIP 홈페이지(http://www.nl.go.kr/cip.php)에서
이용하실 수 있습니다. (CIP 제어번호 : 2011003901)

우리, 몇번 출구에서 만날까?

전국 최초 여성 역장의 지하철 속 삶 이야기

인천메트로 조애경 지음

이지출판

어느 날 인천터미널역에서 직원과 손님이 승차권 문제로 작은 다툼이 있었다. 손님은 무임승차권 두 장을 요구했고, 직원은 한 장은 신분을 확인해야 드릴 수 있다며 힘겹게 설득을 하고 있었다. 무임승차권은 신분증을 제시한 후에 받아갈 수 있기 때문이다.

뜻을 이루지 못한 손님은 벌컥 화를 내며 "역장 나와!" 하고 소리치기 시작했다. 내가 손님에게 다가가려 했을 때 그는 벌써 역무실 문을 박차고 들어섰다. 근무복을 입고 있는 나를 역장이라고 생각하지 못했는지, 아니면 너무 흥분해서인지 그는 나와 대화를 하고 있던 남자분 앞으로 다가갔다.

손님은 남자분이 앉아 있는 테이블 위에 신분증 대여섯 개를 집어던지며 다짜고짜 소리를 쳤다.

"역장님, 이래도 내가 무임승차권을 받을 자격이 없는 사람으로 보여요?"

남자분은 당황한 나머지 아무 말도 못하고 그를 바라보고 있었다. 손님은 계속 목소리를 높였다.

"똑똑히 봐요. 이건 주민등록증, 이건 ××증, 이건 ○○증…."

졸지에 역장이 되어 봉변을 당한 남자분은 나를 대신해 "승차권

이 더 필요하시면 다른 분 신분증을 보여 주셔야죠” 하고 대답했다. 잠시 후 더 이상 대화가 안 되겠다고 생각했는지 손님은 신분증을 주섬주섬 거둬들이며 “표 사면 될 것 아니야. 직원들 친절 교육 좀 시켜!” 하고 쏘아붙이며 나갔다.

‘전국 최초 여성 역장’ 이라는 타이틀은 “역장 나와!” 하면서 거칠게 역무실에 들어와서도 차마 화를 내지 못하고 부드럽게 만드는 매력이 있었다.

하지만 나는 여느 역장과 마찬가지로 유실물이나 아이를 찾아 주고 여자 화장실에 숨어든 치한이나 승강장 매점을 털려던 좀도둑을 잡고, 취객들을 관리하는 등 365일 똑같은 고단한 일들을 해냈다.

여자 화장실에서 있었던 일이다. 여직원이 화장실에 갔다가 옆 칸에서 몰래 엿보고 있는 남자를 발견했다. 여직원은 주변에서 청소를 하고 있던 아주머니에게 직원을 불러 달라고 부탁하고 입구를 지키고 있었다. 낌새를 챈 남자가 여자 화장실에서 나와 도망가려다 여직원에게 잡혔다. 여직원은 얻어 맞으면서도 도망가려는 남자를 잡고 50여 미터를 끌려갔다. 하지만 주위의 누구도 도움을 주지 않았다. 뒤늦게 달려간 직원들의 도움으로 그 남자를 경찰에 넘겼으나 여직원은 손가락을 크게 다쳤다. 그녀의 사명감과 책임감은 무모하리만큼 대단했다.

전철문이 닫히자마자 세 살 정도 된 남자 아이와 엄마가 전철을 탔다. 그런데 아이가 갑자기 "엄마 쉬 마려워" 하며 발을 구르기 시작했다. 달리는 전동차 안에서 아이의 급박한 소리에 엄마는 잠시 당황한 듯하더니 주저없이 자신의 신발 한쪽을 벗었다. 아이는 엄마의 신발에 소변을 보고 편안한 모습을 되찾았다. 다음 역에서 그 엄마는 한쪽 신발만 신은 채 아이 손을 잡고 내렸다. 전철 안에서 엄마가 보여 준 행동은 주변사람들을 불편하게 하지 않았고 아이에게 공중도덕의 중요성을 보여 준 훌륭한 인성교육이었다.

세 살 버릇 여든까지 간다고 한다. 대중교통요금을 조금 아끼려는 어른들의 이기심에 장단 맞추듯 아이들이 자신의 나이를 속이고 우쭐해 하는 모습은 여전히 슬픈 우리 자화상이다.

수많은 사람들이 잠시 만났다 헤어지는 작은 공간이기에 공중도덕과 배려가 더 필요하지만 지하철에서 젊은이와 노인 사이에

폭언과 욕설이 오가고, 자신의 아이를 '귀엽다'며 만졌다는 이유
로 옆에 앉은 할머니를 폭행하는 여성을 보면서 사람들 사이가 점
점 멀어지고 거칠어졌음을 느낀다.

지하철은 우리가 함께 이용하는 공적 공간인 만큼 반드시 지켜
야 할 공중도덕이 있다. 이를 지키는 아름다운 모습과 지키지 않았
을 때 다수가 피해를 보는 모습을 생생하게 보여 주고 싶었다. 이
것이 책을 내게 된 동기라 하겠다. 미리 예방할 수도 있고 불가항
력의 일도 있지만 함께 즐겁고 행복할 수 있는 방법 또한 많기 때
문이다.

지하철 문화를 선도하는 멋진 승객들에게는 감사의 뜻을, 지하
철을 사기와 성추행, 강도행각 등 범죄의 공간으로 삼는 이들에게
는 제도적 응징을, 지하철의 편리함 이면에 숨겨진 위험성을 모르
는 이용객들에게는 정보를, 지하철의 선진문화를 위해 노력하는
직원들에게는 응원과 격려를….

글쓰기를 포기하지 않도록 용기와 성원을 보내 준 나의 동반자
김창룡 씨와 이지출판사 서용순 대표에게 깊이 감사한다.

2011년 9월
조 애 경

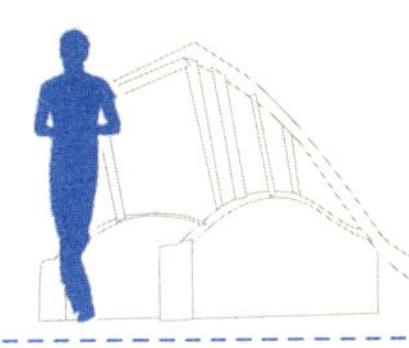

✽ 세번째 이야기 배려하는 사람은 아름답다

✽ 네번째 이야기 우리의 자화상

따뜻한 향기

정직함의 기쁨

　일하는 즐거움을 때로는 예기치 않은 사건에서 발견하기도
한다. 어느 해인가 추석을 앞두고 30대 초반의 한 젊은 여성이
인천지하철 예술회관역을 찾아왔다. 그는 지난달 예술회관역에
서 동인천역까지 무임승차를 했다고 고백하면서 '죄송합니다,
용서를 빕니다'라고 적은 쪽지와 함께 요금의 30배에 달하는
36,000원이 담긴 봉투를 놓고 갔다. 직원이 신분을 알려 달라고
했으나 그는 끝내 말하지 않고 가버렸다.

　과징금 36,000원. 1,200원 요금 구간을 공짜로 이용한 대가치
고는 큰돈이다. 그리고 이미 지난 일이어서 당사자가 찾아와 밝
히지 않으면 그냥 묻혀 버릴 수도 있는데, 젊은 여성은 양심을

택했던 것이다. 정직한 한 시민의 양심적인 행동을 보고 마음이 무척 흐뭇했다.

또 언제가는 여든을 바라보는 노인이 중학생 시절에 무임승차한 통학열차 요금을 갚겠다며 부산역에 찾아와 366,000원을 낸 사연이 전파를 탔다. 노인은 평생 안고 있던 마음의 짐을 내려놓기 위해 왔다며, 가난하여 4개월여 간 무임승차한 사실을 고백했다. 과징금을 낸 노인은 매우 홀가분하다면서 '양심을 지키면서 사는 것이 참된 삶'이라는 말을 남겼다.

우리 모두 가난하던 60여 년 전의 상황을 이해할 수 있음에도 마음에 남아 있던 빚을 갚겠다며 찾아와 정직함을 보여 준 노인의 말과 행동은 나의 기억 속에 깊이 자리잡고 있다.

인천메트로는 2007년 7월부터 매표소에서 구입하던 승차권을 자동발매기를 이용하도록 바꾸었다. 처음에 혼란을 우려했던 것과는 달리 빠르게 무인승차권발매제도가 정착되어 가는 분위기였다. 그런 와중에도 끊이지 않고 부정승차와 관련한 민원이 이어지고 있어 이를 지켜보는 마음이 씁쓸했다.

몇 백 원 때문에 도둑으로 몰리고 나서, 혹은 도둑이라는 말을 듣고 기분이 좋을 사람은 없을 것이다. 그러나 이따금 정당한 요금을 내지 않고 지하철을 이용하고는 기분 좋아하는 사람들이 있다. 나이를 속이고 어린이권이나 우대권을 이용하거나 몰래 지하철을 타는 사람들이 도리어 정당하게 승차권을 구입하고 이용하는 사람들을 비웃는 것은 아닌지 걱정스럽다.

고객을 위해 야심차게 역 대합실 한켠에 만들어 놓은 도서대 역시 양심 없는 사람들에 의해 책들이 찢기고 사라지고 있다. 이 때문에 기꺼이 책을 기증하려는 사람들도 줄어들고 있다.

우리는 살아가면서 많은 선택을 한다. 일상이 되어 버린 지하철을 이용하는 데도 선택이 필요하다. 정직한 선택, 부정직함을 대가로 작은 이득을 남기는 선택, 남을 잠시 속이는 선택, 자신의 양심을 지키는 선택 등이 그것이다.

수많은 양심과 비양심, 정의와 부정의 기회 속에서 어떤 선택을 하는가는 전적으로 개인 몫이다. 남들을 속여 이익을 남기는 선택이 있다 해도 정직한 선택을 하겠다는 나의 확신이 필요하다. 나의 확신은 세상풍조나 흐름을 탓하지 않아도 되며 변명이나 피곤한 언쟁도 필요 없다. 남을 속이고 느끼는 스릴보다 정직한 선택 뒤에 오는 기쁨은 덤이다.

공공장소에서의 정직한 선택은 사회의 신뢰도와 성숙도를 측정하는 거울이다. 그것이 단돈 몇 백 원짜리 승차권이든, 무료로 이용할 수 있는 책이든 선택은 우리 양심과 정직함을 요구하고 있다. 사람들이 양심과 정직함을 어길 경우 당장은 보이지 않겠지만 그에 상응하는 대가를 누군가는 반드시 치러야 한다.

신용사회가 되는 길에 서로 신뢰하고 정직하게 지하철을 이용하는 마음이 필요하다.

시각장애인들은 지하철을 볼 수 있을까?

어느 해 4월, 장애인의 날을 맞이하여 지역에 살고 있는 시각장애 어린이들을 초청하여 '인천지하철 만져보기' 행사를 개최했다. 그에 앞서 몇몇 역장들은 검은 띠로 눈을 가리고 시각장애인 체험을 하면서 그들이 지하철을 이용하는 데 얼마나 불편한지 고민하며 만반의 준비를 했다.

광명원과 혜광학교에 다니는 120여 명의 시각장애인들은 지하철을 타고 박촌역으로 이동했다. 선생님들은 그동인 소규모 또는 학년별로 견학을 하거나 실습을 하긴 했으나, 전교생이 한꺼번에 참여하는 행사는 처음이라고 했다. 그들의 기대가 얼마나 큰지 상상할 수 있었다.

전동차의 모양을 설명으로만 들으며 상상해 오던 시각장애 어린이들은 미리 박촌역에 정차시켜 둔 지하철에 올라 손으로 더듬으며 신기한 듯 "우와! 우와!" 연신 탄성을 질렀다.

보통사람들은 상상할 수 없는 예민한 촉각과 빛으로 사물을 인지하는 시각장애인들은 지하철 안과 겉은 물론, 운전석까지 세심하게 더듬으며 머릿속에 지하철의 모습을 그리고 있었다. 신기함과 놀라움, 즐거움이 가득한 표정을 보면서 이 행사의 의미를 다시 한 번 확인했다.

행사에 앞서 홍보영상물을 상영했다. 시각장애인들에게 영상물을 보여 준다는 것이 이해가 되지 않았는데, 인솔 선생님은 "시각장애인들은 빛의 속도와 소리로 영상물을 조금 감지할 수 있다"고 했다. 두 시간 동안 설명을 들으면서 어린이들은 전동차를 만지며 차안을 정신없이 돌아다녔다. 진지하게 뭔가를 메모하고 질문하는 어린이도 있었다. 특히 비상시 전동차의 문을 수동으로 여는 방법과 비상벨 사용법 등을 설명할 땐 무척 진지한 모습이었다.

행사가 끝난 며칠 후, 그날 취재해 간 한 라디오 방송을 다시 듣다가 나는 목이 메었다. 신기한 듯 여기저기서 "우와! 우와!"를 연발하는 어린이들의 목소리가 그날의 감동을 생생하게 다시 전해 주었기 때문이다. 어수선했던 그날에는 느끼지 못한 감동이었고, 방송을 하던 리포터 역시 목이 메어 말을 잘 잇지 못했다.

어린이들과 함께 참여한 선생님인지 행사에 참여했던 학생인지는 알 수 없지만 홈페이지에 다음과 같은 가슴 찡한 글도 올라왔다.

"혜광학교 학생들에게 지하철 만져보기 행사를 마련해 주셔서 감사합니다. 특히 유치부 어린이들은 평소 지하철에 대한 많은 궁금증을 해결하였고, 소중한 추억이 되어 놀이시간에 기관사 아저씨 놀이를 하고 있습니다."

이 행사 기사를 읽은 어느 시민은 이런 글을 남겼다.

"누구나 장애인의 가능성을 가졌으면서도 지금의 내가 아님을 다행이라 여기고 또는 비장애인이라는 이유로 관심을 갖지 못하는 것이 사실인데, 소수 시민까지도 편안하고 안전하게 외출할 수 있도록 배려해 주셔서 얼마나 고마운지…. 평범한 시민들만의 발이 아닌 장애나 아픔을 가진 시민 모두의 행복한 도구로의 역할에 감사드리며, 이런 기분 좋은 행사에 좀 더 많은 장애아들이 참여할 수 있었으면 좋겠습니다."

소외된 사람들에 대한 작은 배려가 이렇게 많은 사람을 따뜻하게 해 주었다는 사실이 지금도 감동으로 남아 있다. 그 어린이들에게 지하철을 그리라고 하면 어떻게 그릴까 무척 궁금해진다.

인천터미널역에서 손님을 안내하고 있는 모습

청각장애인의 외출

어느 가을, 동막역을 순찰하던 직원이 40대 초반의 여성과 함께 몹시 굳은 얼굴로 사무실에 들어왔다. 그 손님이 대화가 어려운 청각장애인이었기 때문이다.

당시 직원들은 장애 체험 후 그들을 돕겠다며 짬짬이 수화를 배우고 있었다. 간혹 간단한 수화로도 의사소통이 안 되는 장애인을 만나면 종이에 글을 써서 의사전달을 하면 해결될 것으로 생각했다. 하지만 그 예상은 완전히 빗나갔다.

역무실에서 울고 있는 여성은 간단한 수화로는 의사소통이 안 되고, 글씨를 쓰지도 못했다. 소지품에는 단서가 될 만한 연락처도 없고 수첩에는 해독할 수 없는 글자들만 적혀 있었다.

여성이 남편으로 보이는 사진 한 장을 직원에게 보여 주며 뭔가를 설명했지만 직원들은 알아듣지 못했다. 수화를 가르치는 선생님에게 전화를 걸어 도움을 청했으나 전화로 청각장애인의 문제를 해결해 줄 수는 없었다.

가까운 장애인 단체에 연락을 하니 '인근 파출소로 안내하면 도우미들이 있을 것' 이라고 알려 주었다. 직원이 파출소로 데려가려고 하니 여성은 그 뜻을 아는지 모르는지 밖으로 나가는 것을 완강히 거부했다. 더욱 답답해진 직원은 틈틈이 배운 수화 실력을 총동원하여 온몸으로 다시 대화를 시작했다.

이런저런 수화를 주고받다가 버스를 의미하는 직원의 손짓을 본 여성은 어눌한 손놀림으로 종이에 2라고 적었다. 직원은 2번 버스가 경유하는 역이 '간석오거리역' 이란 걸 알아냈고 거기로 가자고 했다. 직원을 따라나선 여성은 승강장에서 여전히 거부의 몸짓을 보이며 울먹였다. 그런데 전동차 안에서 수화를 할 줄 아는 고객을 만나자 그녀의 얼굴이 환해졌다.

한 시간 반 이상 대화가 안 돼 애태우던 직원이 여성을 데리고 '간석오거리역' 까지 동행해 2번 버스정류장이 있는 출구로 나오자, 이제 다 됐다는 듯, 다 안다는 듯 좋아했다. 되레 직원에게 그만 돌아가라고 여유 있는 손짓을 하며 고맙다는 인사도 했다. 직원은 그녀가 버스에 올라타는 것을 확인하고 돌아왔다.

바로 그날 홈페이지에 다음과 같은 글이 올라왔다.

"운전면허장에서 오는 길에 동막역 승강장에 여자분이 흐느껴 우는데 정상인은 아닌 듯했어요. 옆에서 40대 남자분이 달래고 계셨는데, 겁에 질린 것 같았습니다. 열차 앞자리에 앉아 살펴보니 남자분은 뭔가를 설명하려고 애쓰는데 여자분은 청각장애인이었어요. 글씨도 못 쓰는 것 같고…. 교회 일로 수화를 조금 알기에 말을 걸었더니 남자분이 더 반가워하며 '동막역 직원인데 여자분과 의사소통이 안 된다면서 2번 버스를 타야 하는 것 같아(용케 아셨더군요) 간석오거리역으로 가는 길인데 겁을 먹었는지 자꾸만 운다. 나쁜 사람 아니고 버스를 태워 줄 테니 걱정 말라고 통역을 해 달라'고 하더군요. 여자분은 남편을 만나러 가는 길이었는데, 길을 잃어버렸다면서 집에 데려다 달라고 했어요. 집은 효성동이고 2번 버스를 타는 게 맞아요. 직원을 따라가면 버스를 탈 수 있다고 했더니 그제야 안심을 했습니다. 의사소통도 안 되는데 남자분이 같이 가자고 하니 겁이 났던 모양입니다. 두 사람은 간석오거리역에 내리더군요. 여자분을 동막역에서 간석오거리역까지, 또 버스정류장까지 데려다 주신 직원의 모습이 정밀 보기 좋았습니다. 대화는 안 통하지만 울지 말라며 열심히 달래던 모습과 파출소에 인계하면 끝나는 일인데도 버스 타는 곳까지 직접 안내해 주는 모습이 참 보기 좋았습니다."

정말 어쩌다 만나게 되는 특이한 고객이다. 의사를 정확히 전달하지 못하는데 보호자도 연락처도 없이 홀로 지하철을 이용하다가 문제가 발생하면 직원들의 도움을 받아야 한다. 이는 장애인을 위한 시설 확충이나 개선으로 해결되는 문제가 아니다. 직원들이 최일선에서 소수의 고객을 위해 수화도 배우고 장애 체험도 하며 그들의 어려움을 해결해 주기 위해 노력하지만 역부족이다.

공공서비스는 한계가 없고 사람들의 노력과 인내는 금방 바닥을 보이지만, 직원들은 포기하지 않고 단 한 명의 고객도 소중하게 생각한다.

종종 '간석오거리역' 근처를 오가는 2번 버스를 보면 말 못하고 듣지 못해 서로 애태우던 청각장애인이 생각나곤 한다.

지하철역에 피어나는 천상의 소리

지하철을 기다리는 동안 역 구내에 은은하게 울려 퍼지는 음악 소리에 귀기울여 본 적이 있는가. 아니면 바쁜데 음악은 무슨, 하며 그냥 지나치고 마는가.

어느 여름, 지하철 이용 고객들의 음악에 대한 무관심을 보여 주는 이색 이벤트가 있었다.

거리의 악사로 분장한 국내 정상급 연주자 피호영 교수가 허름한 옷을 입고 이용객이 가장 많은 강남역에서 70억 원짜리 바이올린 스트라디바리우스를 연주했다.

현대인들은 주변에서 벌어지고 있는 일에 무감각한 듯 연주는 아랑곳하지 않고 앞만 보고 바쁜 걸음을 재촉했다. 바쁘게 오가는 사람들에게 바이올린 소리는 인근 상점에서 틀어 놓은 음악쯤으로 들렸을지 모르지만, 지나면서 소리 나는 쪽으로 고개를 돌린 사람들이 있다면 음악이 조금이나마 들렸다는 증거였다. 피 교수가 45분을 연주하는 동안 2분 넘게 발길을 멈추고 한 곡이 끝날 때까지 서서 음악에 귀기울이는 사람은 5명뿐이었고 16,900원을 벌었다고 한다.

인천터미널역장 시절, 나는 멋진 DJ를 꿈꾼 적이 있다. 역에 들어섰을 때 경쾌하고 부드럽고 낯익은 음악이 흐르면 누구라도 즐거워할 것이라 생각했는데, 그 기대는 단박에 깨졌다.

우선 인천터미널역 대합실의 구조가 문제였다. 대합실 천장이 높고 햇살이 들어오는 둥근 유리천장으로 건축되어 소리를 알아들을 수 없을 정도로 울렸다. 그것이 음악을 전달하는 데 가장 큰 문제였지만 중단하게 된 요인은 아니었다. 사람들의 취향과 기분이 다른 것이 문제였다. 심혈을 기울여 음악을 선곡해도 각각 불평의 소리를 내는 것이 큰 부담이었다. 아예 음악을 꺼버리니 아쉽긴 해도 민원이 없어 마음이 편했다. 그래서 야심차게 준비했던 멋진 DJ의 꿈을 포기했다.

10여 년 전, 경인 국철과 서울 2호선 환승역인 '신도림역'은 하루 47만 명이 이용하는 매우 혼잡한 역이어서 고객 안전대책을 마련하느라 고심하고 있었다. 그 무렵에 부임한 신도림역장은 '빨리 빨리'를 외치며 서두르는 엄청난 고객들을 보면서 사고가 날까 봐 매일 가슴을 졸였다. 그리고 '환승지옥 신도림역'이라는 이미지에서 벗어나기 위해 분위기 있는 음악으로 조급한 고객들의 마음을 누그러뜨려 보자고 시도했다.

첫 음악으로 비틀즈의 'Let it be', 'Yesterday'를 내보냈고 곡과 곡 사이에 소매치기를 주의하라, 불조심을 하라는 등의 멘트와 재미있는 이야기를 곁들이기도 했다.

그의 시도에 좋다는 반응도 있었지만 비난도 만만찮았다. 공공장소에서 왜 유행가를 트느냐, 왜 랩을 트느냐는 등 불만의 소리가 있었다. 하지만 좋은 음악을 듣고 감동받았다는 고객의 칭찬에 힘을 얻어 꾸준히 음악방송을 한 결과 '첫 DJ역장'이라는 별명을 얻었다.

역장들이 모두 DJ라는 별명을 듣고자 하는 건 아니지만 지금도 많은 분들이 어떻게 하면 고객들에게 기분 좋은 하루를 만들어 줄 수 있을까 고민한다. 특히 하루를 시작하는 아침에 역 구내에 잔잔히 퍼지는 음악을 들으며 고객들이 즐겁고 활력이 넘친다면 이는 작은 보람일 것이다.

실제로 어떤 손님은 홈페이지에 "지하철에서 틀어 주는 음익이 별것 아니라 생각할 수도 있겠지만 어떤 날은 하루를 버티는 힘을 줄 때도 있다"며 좋은 음악을 들려 줄 것을 당부하기도 한다. 생활 속에서 불만은 가깝고 감동은 멀다. 내가 좋아하지 않는다고 남도 그럴 것이라는 단정은 곤란하다.

'무표정한 지하철역'의 음악은 때론 바쁜 일상에 새로운 자극을 주는 청량제다. 늘 그런 것은 아니지만 내가 원하지 않는 음악이라 해도 누군가는 즐거워한다는 것을 생각하면서 배려하고 이해하는 것, 현대를 살아가면서 배워야 할 덕목이 아닐까.

친절의 선물, 그 감동과 향기

세월이 흘러도 영국은 내게 친절한 나라로 각인되어 있다. 지구상 어디나 불친절한 사람, 도둑, 사기꾼들이 있고 영국도 예외는 아니지만, 오래 전 우리나라에서 느끼기 어려운 친절과 배려를 피부로 느끼고 돌아온 것은 공무원인 내게 큰 행운이었다.

영국으로 떠나기 전까지 그곳은 지도에서만 본 '신사의 나라'이자 '해가 지지 않는 나라' 정도였다. 언어도 풍습도 피부 색깔도 판이한 이늘과 일년을 함께 생활하면서 당황했딘 일, 섭섭했던 일, 고마웠던 일들을 돌아보면 사람 사는 데는 다 비슷하다는 평범한 생각을 하게 된다.

하지만 쉽지 않았던 나의 첫 해외 생활이었기에 영국인들이 보여 준 체질화된 친절은 세월이 흘러도 잊을 수 없는 감동으로 남아 있다.

연말세일이 한창이던 한 백화점에서 큰마음 먹고 스커트를 구입했으나 마음이 변하여 다음날 교환하러 간 적이 있다. 어설픈 영어로 비슷한 가격표가 붙은 스커트를 가리키며 교환해 달라고 설명했는데, 점원은 알아들었는지 못 알아들었는지 나에게 무언가를 열심히 설명했다. 나는 그 말을 알아듣지 못했고 서로 답답한 시간이 흘렀다.

'하루 사이에 가격이 더 내렸으니 그 차액을 교환소에 가서 받아가라' 는 설명이었는데, 내가 잘 이해하지 못했다고 생각한 점원은 계산대 앞에 줄을 서 있는 손님들에게 양해를 구하더니 계산대를 잠그고 내게 따라오라고 했다. 교환소에서 점원은 나를 대신하여 상황을 설명한 뒤 차액을 받아 내 손에 쥐어 주고 웃으며 인사까지 하고 돌아섰다. 현란한 영어에 끼어들기는커녕 얼떨결에 '땡큐' 도 못하고 촌스럽게 돌아섰지만, 점원의 배려와 친절은 말로 표현할 수 없는 감동이었다.

또 한 번은 당시 세 살짜리 아들의 교육과 관련해서였다. 어린 녀석이 두문불출하고 그림, 글자 등 닥치는 대로 외우더니 급기야 천자문을 모두 외워 버렸다. 한자를 보면 손사래치며 절레절레하는 영국인들은 아들을 천재라 부르며 '킹스칼리지' 라는 특수사립학교를 소개해 주었다.

천자문을 펴놓고 아들을 테스트하던 교장은 놀란 표정으로 즉석에서 아들의 입학을 허가했는데 문제는 학비였다. 당시 특수사립학교의 비싼 교육비를 지불할 형편이 안 되었던 우리는 고민 끝에 고맙지만 포기하겠다는 편지를 보냈다.

그런데 교장은 세심한 교육이 필요한 아이를 발굴하고 교육시키는 것이 자신들의 임무라면서, 학비가 문제라면 아들을 장학생으로 해 줄 테니 학교에 보내라고 친절을 베풀었다.

영어가 전혀 안 되는 어린 아들은 학교 측의 자상한 배려와 선생님들의 친절한 보살핌으로 6개월 동안 학교에 다니면서 더욱 흥미를 갖기 시작했다.

'코리아' 라는 나라조차 생소하던 영국인들이 한 명의 어리숙한 코리언에게 보여 준 점원의 친절, 국적을 불문하고 돈보다 미래의 일꾼인 어린이의 재능을 소중히 여기던 특수학교 교장의 배려는 영국 하면 '친절한 나라' 라는 인식을 내게 심어 놓았다.

번지르르한 어린이헌장 제정보다 아이의 눈높이에 맞춘 관심과 배려가 부모들에게는 더욱 고마운 선물이 아니겠는가.

1990년대 들어 세계화를 부르짖으며 급속히 발전해 온 우리나라가 고객만족, 고객감동을 기입 제일의 기치로 내세우고 경쟁하면서 고객서비스에 대한 인식은 가파르게 향상되었다. 이제 우리나라의 고객서비스는 세계 어디에 내놔도 경쟁력 있는 최고의 상품이다.

인천메트로도 기존의 고객만족경영 방식에 만족하지 않고 야심차게 CS(Customer Satisfaction)팀을 만들어 고객만족을 제일의 가치로 하는 대대적인 변신을 시작했다.

CS팀이 만들어지고 두어 달 지난 후 피드백을 해 보니 사원교육에서부터 고객만족도 설문조사까지 고객의 눈빛과 손짓을 꼼꼼히 분석하고 개선하려는 노력이 빠르게 정착되고 있다.

고객만족을 위한 노력이 몇몇 담당자에 한정된 것이 아니라 전 사원에게 전파되어 내가 영국에서 느낀 진심어린 친절처럼 세월이 흘러도 고객들의 마음에 아름다운 선물로 남을 수 있었으면 좋겠다.

석 달 겨울을 따뜻하게 만든 점자명함

시각장애인들과의 인연은 장애인의 날을 맞아 지역 장애학생들을 초청해 '인천지하철 만져보기' 행사를 개최했던 때로 거슬러 올라간다.

인천 광명원과 혜광학교에 다니는 시각장애인 전교생 120여 명이 한꺼번에 참여한 큰 행사였는데, 전동차가 어떤 모양인지 상상만 하던 아이들은 이날을 손꼽아 기다렸고 보통사람들은 상상할 수 없는 예민한 손으로 지하철을 만지며 탄성을 지르던 아이들의 모습에 마음이 뭉클했었다.

그리고 2009년 봄, 시각장애인 두 명과 안내원이 찾아왔다. 그들은 시각장애인들이 모여 '점자명함' 사업을 시작했다면서 점자명함을 사용해 달라고 했다. 일반명함 100장을 점자명함으로 만들어 주는 비용은 5천 원, 큰 비용은 아니었지만 일단 그들을 돌려보냈다.

그해 10월, 인천지하철 개통 10년을 맞아 '인천지하철공사'는 '인천메트로'로 사명(社名)을 바꾸고 심벌도 다시 만들었다. 그때 우연히 지역 일간지에서 '막막한 점자명함사업, 폐업 위기'라는 기사를 보게 되었다. 순간 나를 찾아왔던 시각장애인들이 생각났다.

전 사원에게 내부 문서 발송이나 권유만으로 점자명함을 설명하기가 쉽지 않아 자발적 참여도 기대하기 어려웠다. 또 시각장애인협회 사람들은 괜찮다고 했지만 부서별로 사원들을 찾아다니며 일반명함 100장을 가져가고 다시 점자를 인쇄해 갖다 주어야 하는 것도 번거로워 보여 아예 홍보부에서 전담해 보기로 했다.

어차피 바뀐 사명 때문에 모두 새로운 명함이 필요한 터였다. 사장과 임원들도 흔쾌히 동의를 해 주어 983명의 점자명함을 만들기로 했다. 점자명함 98,300장, 금액은 5백만 원이 조금 안 되지만 시각장애인들에게는 올해의 사업목표를 달성하고 폐업 위기에서 벗어나는 희망의 수치였다.

경제위기 속에서 일자리를 잃을까 걱정하던 시각장애인들과 그 가족들이 얼마나 좋아했을까.

점자명함을 사용해 본 임직원들은 "점자명함을 주면 받는 사람이 더 신기해하고 감동한다"면서 계속 점자명함을 사용하겠다는 뜻을 전해 왔고, 지금도 소량이지만 점자명함을 의뢰하고 있다.

점자명함 제작은 '인천메트로'로 사명을 바꾸고 실천한 첫 나눔 사례가 되었다. 기업의 나눔 문화 실천은 이제 선택이 아닌 필요요건이고 기업의 존재이유이자 사회적 가치를 잘 알릴 수 있는 기회다.

지금까지는 나눔 실현으로 성금이나 물품 전달이 대부분이었지만, 이번 점자명함 제작을 계기로 앞으로는 수혜자들에게 실질적으로 필요한 것을 돕는 것이 최고의 나눔이라고 생각했다.

시각장애인들이 일반명함 위에 또 다른 시각장애인을 위해 한 글자 한 글자 정성을 다해 만든 점자명함, 그 점자를 인쇄하면서 일거리를 준 사람들에 대한 고마움을 품고 나아가 삶의 희망을 가졌기를 바라본다.

시각장애인과 내가 만날 수 있는 매개체는 점자명함뿐이다. 우리 인연을 계속 이어주고 있는 이 점자명함을 바라보면서 '친절한 말 한 마디는 석 달 겨울을 따뜻하게 만들 수 있다'는 일본 속담을 생각했다.

기부, 사회를 밝히는 등불

오늘도 인천메트로 전동차에 책 100여 권을 비치했다. 더 많이 놓아 두고 싶어도 한꺼번에 들고 나갈 수가 없어 매일 조금씩 나르고 있다. 이 책들은 지난 여름에 기증을 받은 것이다.

전동차에 책을 비치할 때마다 고객들이 가져가도 되느냐, 지금 읽어 봐도 되느냐며 관심을 보이면 기분이 좋다. 잠시 무료한 시간에 책을 읽고 또 책이 좋다고 가져가는 사람이 있다면 그 또한 기부자의 뜻이자 우리의 바람이다.

기증받은 책 1만 권은 돈으로 계산하면 수천만 원에 이르고 부피는 작은 트럭 두 대 분량으로 무게 또한 만만찮다. 책을 조건 없이 받고도 한동안 기쁨보다는 걱정이 더 컸던 이유는 어마어마한 양에 놀라서였다.

책을 기부한 사람은 아이러니하게도 한국에서 지하철을 이용하지 않는 미국에 살고 있는 한국인이었기에 더 고마움이 컸다.

60대 후반인 재미동포 김씨는 평소 알고 지내던 철도동호회장과 함께 우리 공사를 찾아와 책을 기증하겠다는 뜻을 밝혔다. 그는 정치인도 종교인도 아닌 평범한 사람으로 동양화에 매력을 느껴 동양화가가 되었고, 또한 아름다운 자연이 조금씩 파괴되어 가는 것을 기록하다가 시인 겸 수필가가 된 사람이다.

그는 "재물로 기부하는 사람이 있는가 하면, 몸과 마음을 다해 기부하는 사람이 있고, 또 음식을 기부하는 사람 등 방법은 다양하지만 나는 모든 재산을 내 마음을 담은 책으로 만들어 기부할 것"이라고 했다.

실제로 그가 이번에 한국에 와서 계약한 출판부수는 5만 권. 그 중 4만 권은 철도공사로, 나머지 1만 권은 인천메트로에 전해졌다. 고맙다는 인사말이 식기도 전에 그는 바쁘게 미국으로 돌아갔다.

남에게 그것도 처음 보는 사람에게 아무 조건 없이 기부를 한다는 것은 말처럼 쉬운 일이 아니다. '내 코가 석 사'라고, 경제가 어렵다고, 주머니 사정이 좋지 않다고 미루어 왔다면 아마 벼락부자가 되지 않는 이상 평생 어떤 기부도 하기 어려울 것이다. 그래서 연예인 문근영 씨나 가수 김장훈 씨의 조건 없는 기부 뉴스가 많은 이의 마음을 훈훈하게 하는 것이 아닌가.

나의 모교인 인천여고 홍성숙 선배님은 개교 100주년을 맞아 현금 1억3,300만 원을 장학금으로 내놓았다. 그분은 지난해에도 화성시에 있는 토지(3억6,000만 원 상당)를 모교에 기부했는데, 평생 독신으로 살아온 그녀는 몸에 밴 근검과 절약으로 허름한 집에서 연탄난로를 때면서 겨울을 났다고 한다. 선배님의 기부로 가정형편이 어려운 후배들이 학비 걱정 없이 공부를 할 수 있게 되었다.

미국 등 선진국에서는 수십억에서 수백억 달러를 기부하는 갑부들이 많은데, 우리 사회는 삯바느질이나 힘든 장사로 평생 돈을 모은 어르신들의 아름다운 기부가 이어지고 있다. 이들은 공통적으로 자기 자신에 대해서는 인색하지만 어려운 사람을 위해서는 아낌없이 주는 나무들이다.

기부는 신뢰와 함께 우리 사회를 튼튼하게 받쳐 주는 중요한 사회적 자본이다. 기부자들이 느끼는 가치의 저변에는 공통적으로 이웃에 대한 배려와 상생이 자리잡고 있다.

고국에 대한 사랑과 정성을 책에 담아 기부를 실천하고 있는 김씨의 책 표지마다 나는 '김○○님이 기증하신 책입니다. 다 읽으신 후 제자리에 놓아 주십시오' 라는 스티커를 붙였다. 좀 더 많은 사람들이 책 읽는 즐거움을 함께 하고 기부자에게 감사한 마음을 갖게 하기 위함이다.

고향에 가지 못하는 사람들에게

명절을 가장 먼저 느끼는 곳은 국립식물검역원이라고 한다. 명절 대목에 쓰일 고사리, 도라지, 버섯 등 제수용품이 대량 수입돼 검역 일손이 바빠지기 때문이다.

명절이 되면 바빠지고 일이 많아지는 곳이 어찌 이곳뿐이랴. 대규모 인구이동으로 전 세계의 뉴스가 되는 한국의 한가위. 일년에 한두 번 고향을 찾아 어른들을 뵙고 인사를 드리는 우리 명절(조선시대 4대 명절은 설날, 한식, 단오, 추석이었나)은 외국인들도 부러워하는 고유 풍습이다. 그 중 한 해의 결실에 감사하며 온 가족이 함께 하는 추석은 풍성한 오곡백과가 있어 보기만 해도 배가 부르다. 한국에서 일하는 외국인 노동자들조차 손꼽

아 기다린다는 추석명절이지만 고향을 꿈만 꾸는 이들이 주변
에 무척 많다.

명절에 더 바빠지는 곳이 방송국이나 톨게이트 등 수없이 많
지만 특히 항공, 항만, 철도, 버스 등 고객을 수송하는 기관에서
일하는 이들이 그들이다. 귀성은 엄두도 못 내고 보이지 않는
곳에서 일하는 이들 덕분에 명절은 항상 기다려진다.

인천메트로 직원들 역시 명절이 없다. 사실 기차나 항공 같은
다른 운송수단과 달리 명절 당일엔 지하철 고객이 많이 줄어든
다. 일평균 이용 고객은 20만여 명인데 설날에는 일평균의
53%, 추석날에는 61%가 이용하고 있다. 인천메트로는 고객 증
감과 관계없이 전동차는 평소처럼 운행하고 오히려 귀경 손님
을 위해 연장운행을 한다.

지하철 운행은 역무, 승무, 기계, 토목, 전기, 통신, 신호, 관
제 등 모든 분야가 함께 맞물려 돌아가야 하지만, 특히 전동차
를 운행하는 기관사들의 자리가 더욱 크게 보이는 때다. 현재
인천메트로에는 133명의 기관사들이 교대로 하루 300회 이상
지하철을 운행하고 있으니 이들에게 명절연휴는 그림의 떡이
다. 그나마 운 좋게 명절에 휴가를 얻은 기관사는 향후 3년 동
안 명절 때 휴가를 쓸 수 없도록 자체 룰을 정해 놓았다.

지난해 추석명절 동안 고향 방문을 희망한 기관사는 10여
명, 그 중 3명만이 휴가를 받았다. 4명 이상이 휴가를 가면 전동

차 운행에 지장을 주기 때문이다. 그래서 대부분 미리 다녀오거나 명절이 끝난 후에 가는 것이 일상이 됐다. 이들은 명절기간 동안 근처 식당도 문을 닫고 구내식당 아주머니들도 모두 휴가를 가기 때문에 떡이나 컵라면으로 끼니를 때우면서 더욱 쓸쓸함을 느낀다.

인천터미널역장 시절, '더도 덜도 말고 한가위만 같아라' 하는 추석날 출근한 적이 있다. 다른 역과 달리 인근에 버스터미널이 있어 명절에 인천을 오가는 외지인들이 많아 여느 역보다 매우 분주했다.

추석날 이른 아침부터 유독 외국인 노동자들이 눈에 많이 띄었다. 남동공단에서 일하는 근로자들이다. 우리 명절인데 외국인 노동자들은 어디를 가는 걸까…. 그런데 그들은 낯선 한국의 명절에 매우 행복해 보였다. 명절을 즐기는 사람과 명절이 오면 더욱 바빠지는 사람. 명절을 반납하고 자기 일을 수행하는 사람들 덕분에 우리는 더욱 넉넉한 명절을 보내는 것이 아닐까.

이번 명절에도 고향을 찾지 못한 숨은 공로자들에게 감사의 마음을 보낸다.

미라클가이는 이제 그만

"구월동에 사는 서른한 살의 남자입니다. 저는 한순간의 잘못된 판단으로 2010년 4월 부평시장역에서 기차가 오고 있는 소리에 모든 걸 포기하고 선로에 몸을 던졌습니다. '이제 난 죽는구나, 정말 다 끝났구나' 라고 생각했습니다. 그런데 이상하게도 기차가 더디게 오더니 멈춰섰습니다. 죽는 순간을 넘기니 정신이 아찔해지고 내가 왜 뛰어들었는지 자신에게 묻게 되었습니다. 하지만 분명한 것은 죽을 수밖에 없는 상황에서 살아나니 세상이 아름다웠고, 아침에 버스를 타고 출근하는데 모든 게 달라 보였다는 것입니다. 저를 구해 주신 분들에게 감사드리며 앞으로는 '미라클가이' 로 열심히 살겠습니다."

죽음의 문 앞에서 살아나 삶의 의욕을 되찾은 '미라클가이'가 우리 공사 홈페이지에 남긴 글의 일부다. 이렇게 죽음의 끝자락에서 '미라클가이'가 탄생한 지 10개월이 지난 2월, 20대 젊은 여성이 원인재역 승강장에서 선로로 뛰어드는 사고가 또 발생했다. 기관사가 급히 열차 비상제동을 시도했고 열차는 80여 미터를 더 진행한 후 멈춰섰다.

젊은 여성은 뛰어내리자마자 몸이 벽 쪽으로 튕겨나가는 바람에 운좋게도 오른 손등에 경미한 찰과상만 입었을 뿐이었다. 이 여성도 하나뿐인 목숨을 소중히 여기고 열심히 살아갈 또 한 명의 '미라클가이'가 될 것인가?

얼어붙은 대동강물도 녹는다는 우수가 지나고 개구리가 놀라서 깬다는 경칩이 머지않았다. 어느 해보다 유난히 추운 겨울을 보낸 터라 많은 사람들이 따뜻한 봄소식을 갈망하고 있는 것 같다.

하지만 지하철 운영기관에서 일하는 사람들에게는 봄소식이 그리 반갑지만은 않다. 나른해지는 봄이 오면 앞에서처럼 스스로 목숨을 버리려는 사람이 다른 때보다 늘어나기 때문이다. 교통안전관리공단에서 조사한 5년간(2006~2010)의 철도 운영기관별 사망자수를 보면 코레일에서 600명, 서울지하철(1~8호선)에서 150명, 인천지하철에서 11명으로 나와 있다. 그러나 연평균 30명에 달하던 서울지하철(1~8호선) 사망자수는 전 역사에

스크린도어가 설치된 2010년 들어 2명으로 급격히 줄었다.

지하철 사망사고가 줄었다는 것은 매우 반가운 소식이 아닐 수 없다. 그런데 해마다 자살하는 사람이 증가하는 것을 보면 지하철에서의 사고는 줄었다 해도 분명 어디선가 자살을 했을 거라는 의구심이 든다. 이는 자살하려는 사람들이 스크린도어가 설치되지 않은 곳을 찾아나서는 풍선효과가 나타날까 우려되는 부분이다. 현재 인천메트로 29개 역 중 12개 역에만 스크린도어가 설치되어 있어 이런 우려는 더욱 커진다.

'미라클가이'는 극소수에 불과하다. 지하철에서 목숨을 끊으려다 기적처럼 살아나는 '미라클가이' 탄생을 바라는 사람은 없다. 지하철에서 몸을 던지는 대부분의 자살 시도자들은 비참하게 생을 마감한다. 그리고 이것은 혼자만의 불행으로 끝나지 않고 사고를 목격한 승객, 기관사와 역 직원, 그리고 열차 지연에 따른 다수의 사회적인 손실 등 많은 후유증을 남긴다.

무엇보다 시급한 것은 안전시설의 보완이다. 이 숙제가 하루빨리 이루어지길 기대해 본다. 그리하여 행복하고 희망찬 소식이 우리 사회를 가득 채워 주었으면 좋겠다.

예고 없는 사고

기네스북에 오를 운임추징금

장례식장에서 만난 모 기업 중역인 A씨는 나를 보자마자 지하철에 대한 불평을 쏟아내기 시작했다. 그는 얼마나 가슴에 맺혔으면 애기 중간 중간에 "으휴~, 으휴~" 하며 속상한 마음을 드러냈다.

사연을 들어보니 당시 기본요금은 700원이었고, 지금은 사라진 정액권이란 승차권을 사용하던 시절의 일이었다.

A씨는 한 영화관 입구에서 지하철 직원들이 사용하는 1개월짜리 직원권을 주웠다고 한다. 당시 직원권은 무료로 수도권 전철 어디서나 이용할 수 있었다. A씨는 직원권을 잃어버린 사람을 찾지 못해 그대로 자신의 지갑에 끼워 놓았다.

출퇴근 때 인천지하철을 애용하는 A씨에게 직원권을 주운 지 3일 후 기네스북에 오를 만한 큰 사건이 발생했다. 인천을 벗어난 곳에서 모임에 참석했던 A씨는 늦은 시간에 역을 찾았다. 그는 평소에 늘 사용하던 자신의 정액권을 꺼내들었는데 아뿔싸, 3일 전에 주운 직원권을 꺼내고 말았다. 직원권과 정액권의 색깔과 규격이 똑같다 보니 착각할 만했다.

앞으로 보름 정도 더 사용할 수 있는 그 직원권이 아무 문제없이 통과되었으면 좋았으련만 공교롭게도 에러가 발생해 게이트는 열리지 않고 '삑! 삑!' 요란한 소리가 났다. 왜 소리가 나는지도 모르는 A씨 앞에 역무원이 다가왔다.

역무원은 승차권을 빼어 들고 "직원입니까?" 하고 물었고, 당황한 A씨는 자신도 모르게 "그렇다"고 대답해 버렸다.

오랜 경험으로 이런 일에 숙달된 역무원은 소속을 확인하겠다고 다그치기 시작했다. 순간 분위기가 심상치 않음을 느낀 A씨는 직원권을 몰래 쓰고 다닌 것처럼 오해받을까 봐 직원이 아니라고 바로 시인했고, 역무원은 곧바로 부정승차자에게 부과되는 부가금을 납부해야 한다며 금액 산출에 들어갔다.

지하철이나 전철 운영기관의 여객운송규정에는 부정승차자를 적발하였을 경우 '(승차역에서 가장 먼 종점역까지의 운임)×30배+기본운임'을 추징하도록 되어 있다.

나도 여러 차례 부정승차자를 적발해 부가금을 받아 본 적이 있는데 종점까지 요금의 30배를 부과하면, 예를 들어 1,000원 구간을 30,000원을 내라고 하면 고분고분할 사람이 없다. 지금도 부정승차 단속을 위해 눈을 동그랗게 뜬 역무원들과 더 싼값으로 아니면 몰래 타기 위해 잔머리를 굴리는 고객 사이의 숨바꼭질은 매일 벌어지고 있다.

어찌되었든 A씨는 자신의 말을 금방 바꾸는 바람에 역무원에게 약점이 잡혔고, 가지고 있던 정액권을 보여 주며 '직원권을 사용한 것은 실수'라고 변명해 보았지만 역무원은 받아들이지 않았다. 역무원은 빨리 그곳을 벗어나고자 안절부절못하는 A씨에게 당장 부가금을 내지 않으면 경찰에 고발하겠다고 했다.

'직원권 사용날짜 18일간×인천지하철 종점까지의 왕복 사용금액 1,900원×30배 + 당역 승차요금 700원 = 1,026,700원'

금액을 본 A씨는 너무 놀랐지만 경찰 고발 운운하는 바람에 자신의 신분이 알려질까 고민하다가 결국 인근 자동현금지급기에서 돈을 찾아 어마어마한 추징금을 내고 집으로 돌아왔다.

A씨는 그 일을 생각할 때마다 추징금이 지나치게 많고, 직원권을 사용하지 않았는데 오해받은 것이 언짢고, 가본 적도 없는 종점역까지 운임을 넣어 계산한 것이 납득되지 않는다며 속을 끓이다가 내게 털어놓은 것이었다.

그 얘기를 듣고 곰곰 생각해 봐도 A씨가 직원권 외에 정액권을 소지하고 있었음에도 부정승차자로 간주한 것이 이해하기 어려웠다. 그리고 기본운임 700원짜리 서민용 지하철에서 10만 원도 아닌 100만 원이 넘는 추징금을 부과했다는 사실이 정말 믿기지 않았다. 하지만 A씨는 그 어마어마한 추징금을 납부했으니 이건 정말 기네스북에 오를 만한 추징금이 아닌가! 속마음을 털어낸 A씨는 "부끄럽고 다 지난 일이니 자꾸 얘기하지 말라"며 더 이상 입을 열지 않았다.

지하철 1개월용 직원권 습득이 그런 결과를 가져오리라 예상했겠는가. 지하철을 몰래 이용하든 더 싸게 이용하든 사정이야 있겠지만, 누구나 정당한 대가를 지불할 때만이 그만한 가치를 즐길 수 있다는 평범한 교훈을 되새기게 된 사건이었다.

죽음을 부르는 승강장 싸움

학생들이 지하철역으로 몰려드는 아침, 저녁 시간이 되면 직원들과 기관사들은 더욱 긴장한다. 지하철 승강장에서 장난이나 싸움이 종종 벌어지기 때문이다.

짓궂은 학생들은 승강장에서 건너편에 서 있는 친구를 향해 서로 물건을 던지며 장난을 하다가 주의를 받기도 하고, 열차가 들어오는데 노란 안전선 안에서 서로 밀기 장난을 하기도 해 기관사를 놀라게 한다. 그런 모습에 깜짝 놀라 가슴을 쓸어내리는 것은 학생들이나 직원들이나 주변 손님 모두 마찬가지다.

가끔 학생들이 역무실에 찾아와 선로에 떨어진 물건을 주워 달라고 사정을 하면, 놀란 직원들이 열차가 들어올까 마음을 졸이며 선로에 내려가 신발, 휴대전화, 책, 공, 돈 등 다양한 물건을 주워다 주곤 한다.

어느 날 아침이었다.

출근 고객을 태우고 열차가 떠난 후 텅 빈 승강장 의자에 학생 하나가 앉아 있었다. 그때 승강장에 막 도착한 고등학생 한 명이 의자에 혼자 앉아 있는 학생에게 다가가 슬슬 괴롭히기 시작했다.

먼저 도착해 다음 열차를 기다리던 학생은 체격이 작고 그 학생에게 다가가 괴롭히기 시작한 학생은 씨름선수처럼 몸집이 컸다. 큰 학생은 승강장에 사람들이 없고 앉아 있는 학생이 중학생 정도로 보여 만만하게 생각했는지 툭툭 치며 괴롭혔다. 괴롭힘의 강도가 심해진다는 생각이 드는 순간, 조용히 앉아 있던 작은 학생이 비호같이 몸을 일으켜 반격에 나섰다.

순식간에 전세가 역전되었다. 작은 학생의 눈부신(?) 공격에 큰 학생은 속수무책으로 승강장 끝으로 밀리더니 선로로 힘없이 떨어졌다. 불과 몇 초 사이에 일어난 일이었고 러시아워였기 때문에 열차가 바로 들어오는 긴박한 상황이었다.

갑자기 선로에 떨어진 큰 학생은 얼굴이 파랗게 질려 승강장 위로 올라오려고 애를 썼는데, 위에서 내려다보며 씩씩거리는 작은 학생은 큰 학생의 손을 밟고 차며 올라오지 못하도록 막고 있었다. 신고를 받고 뛰어간 직원들이 작은 학생을 말리자 그는

"오늘 저 놈을 죽여 버리고 나도 감방에 가겠다"며 분노를 감추지 못했다.

열차가 들어오는 급박한 순간, 극적으로 큰 학생을 승강장으로 끌어올렸다. 직원 모두 안도의 숨을 돌리고 두 학생을 역무실로 데려와 사건의 전말을 물었다. 역무실에서 작은 학생은 여전히 화가 안 풀린 듯 씩씩대면서 이름과 학교를 밝혔는데, 그는 고등학교 권투부 선수였다. 걸려도 정말 잘못 걸린 것이었다.

큰 학생은 권투선수에게 원투스트레이트를 맞은 데다 선로에 떨어진 충격까지 겹쳐 대답도 못할 정도로 정신이 나가 있었다. 직원들은 두 학생의 마음을 진정시킨 다음 각자 학교로 보내 주었다.

순간적인 감정을 참지 못하고 큰 학생을 죽일 듯이 선로로 밀어 버린 작은 학생은 만일 불행한 사고가 정말 발생했다면 지금쯤 감옥에 있을지도 모른다. 작은 학생을 깔보고 함부로 괴롭힌 큰 학생은 자신의 오만 때문에 명을 재촉할 뻔했다.

뉴스에서는 승강장에서 심하게 말다툼을 하던 50대 어르신이 상대를 선로로 밀어 떨어뜨리고 다시 선로까지 쫓아 내려가 죽일 듯이 싸우다가 극적으로 구출된 사건이 보도되었다. 한번 듣고 지나쳐 버리는 단순사건으로 보일 수 있겠지만, 그런 뉴스를 접하는 직원들과 기관사들의 가슴은 철렁 내려앉는다.

철없는 학생들의 승강장 싸움이나 장난을 훈계하고 지도해 주어야 할 어른들이 많은 사람이 보는 승강장에서 싸움을 벌이면 누가 훈계할 것인가!

아주 사소한 것일지라도 승강장에서의 장난이나 싸움은 대형 사고로 이어진다. 모든 승강장에 스크린도어가 설치되면 승객이 선로에 떨어지는 사고는 사라지겠지만, 그렇다고 안전을 남에게 맡길 수는 없는 일이다. 감정에 앞선 돌발행동보다는 언제 어디서나 스스로를 지키는 안전의식이 더 필요하다.

여자 화장실의 불청객

여자 화장실은 여성들만을 위한 남성 금지구역이다. 그런데 이 규칙이 잘 지켜지지 않고 있다. 가끔 그곳에 들어오는 불청객 때문에 여성들은 불안하고 불쾌하기까지 하다.

인천지하철이 개통되고 한 달쯤 지났을 무렵, 늦은 밤 인천터미널역 여자 화장실에 몰래 들어가 옆 칸을 훔쳐보던 치한을 파출소에 넘겼다는 보고가 있었다.

그는 스물일곱 살 총각이었는데 여자 화장실 칸막이 아래로 훔쳐보다가 수상히 여긴 한 여성의 기지로 역무실에 인계되었고, 직원은 그의 진술과 주머니 속에서 나온 거울 등을 증거로 파출소에 넘겼던 것이다.

그 일이 있은 후, 나는 여자 화장실을 수시로 들락거리며 순찰하고 빳빳한 코팅지를 사다가 화장실 칸막이 아래 틈을 모두 막아 버렸다. 그럼에도 여자 화장실에 남자 직원들이 들락거릴 수 없다는 점과 화장실이 역무실과 멀어 직원들이 빨리 조치하기가 어렵다는 점은 여전히 숙제였다.

할 수 있는 대비를 다 했음에도 이따금 밤낮을 가리지 않고 여자 화장실을 넘보는 불청객은 여성 고객들과 직원들을 놀라게 하고 긴장하게 했다.

그러던 어느 해 초여름, K역에서 근무하던 여직원이 손가락에 붕대를 감고 나타났다. 그녀의 투철한 직업의식과 그것을 증명하는 놀라운 사연이 그 붕대 속에 있었다.

그녀는 한적한 오전 11시경 화장실에 갔다가 옆 칸 아래로 자신을 바라보는 '정체불명의 눈'과 마주쳤다. 너무 놀랐지만 아무 일 없었던 듯 침착하게 밖으로 나와 청소하고 있던 아주머니에게 직원을 불러 달라고 부탁하고 혼자 용감하게 여자 화장실 입구를 지키고 있었다.

하지만 다리가 몹시 불편한 아주머니가 역무실에 도착하기 전에 낌새를 챈 건장한 남자가 여자 화장실 문을 박차고 나왔다. 순간 여직원은 온힘을 다해 남자가 도망치지 못하게 옷과 다리를 붙들었다. 생각지 못한 여직원의 저항에 놀란 남자는 도망가기 위해 그녀를 밀고 당기다가 뜻대로 안 되자 때리기 시작했다.

여직원은 옷이 찢기고 맞으면서도 그를 붙들고 50여 미터를 질질 끌려갔다. 주위에 오가는 사람들이 있었지만 누구의 도움도 받지 못했다.

옷이 계속 찢어지는데도 여직원이 완강히 매달리자 도망치려던 남자는 "도망가지 않을 테니 그만 놓으라"고 했다. 하지만 "믿을 수 없다"며 끝내 놓아 주지 않았다. 그때 연락을 받고 달려온 직원들의 도움으로 그를 붙잡아 경찰서로 넘겼으며, 여직원은 손가락을 다쳐 오랫동안 깁스를 해야 했다.

내게 상황을 얘기하던 여직원은 자신이 다친 것보다 다급하게 도와 달라고 소리치면서 끌려가는 동안 주변 사람들이 바라만 볼 뿐 아무도 도와주지 않은 것을 더 서운해 했다.

다음날 홈페이지에는 당시 상황을 목격한 한 여성이 다음과 같은 글을 올렸다.

"그 여직원이 도망가려는 남자를 잡고 있었지만 주위에서 도와주는 분은 한 분도 없었습니다. 그 상황이 얼마나 위험했는지, 만약 흉기라도 휘두르면 어쩌려고 그 여직원은 위험한 행동을 하셨는지, 옷은 저항하느라 찢어졌고 여직원은 그 남자를 계속 잡고 한 50m 정도 끌려간 것 같습니다. 여직원을 용기 있다고 해야 할지, 아니면 겁이 없다고 해야 할지 모르겠지만 요즘 세상에 참 드문 일이라 생각합니다. 목숨이 위험한 상황이었을지 모르는데 말입니다."

나는 무모하리만치 용감한 여직원의 행동은 책임의식이었다고 생각한다. 고객을 위한 이런 희생적 행동을 고객들이 외면한다면 고객의 안전은 요원한 일이다.

지금은 화장실 칸칸마다 비상시에 직원과 바로 연락할 수 있는 '콜폰'이 부착되어 있고, 대합실과 승강장 여기저기에 '역무실 전화번호'가 붙어 있다. 하지만 눈여겨보는 고객이 몇이나 될까. 고객들의 높은 안전의식이 함께 할 때 직원들의 이런 희생정신도 돋보이는 것이 아닐까.

나의 첫 소송

인천터미널역에서 전국 최초로 '웨딩 페스티벌'을 준비했다. 행사를 하루 앞두고 부스 설치로 분주하던 저녁 9시경, 역 근처에서 일을 마치고 돌아가던 B씨(당시 남 60세)가 대합실 바닥에 설치해 놓은 전선에 발이 걸려 넘어져 치아 세 개가 금이 갔다고 주장하는 사고가 발생했다.

당시 응급조치를 해 준 직원은 목격자까지 확보해 'B씨는 술에 취해 있었으며 병원 치료를 거부하여 역무실에서 안정을 취한 후 집으로 돌아갔다'고 사고경위를 기록해 놓았다. 이튿날부터 나는 그를 기다렸으나 일주일이 지난 후에야 찾아왔다. 그리고 다른 건 필요 없고 부러진 치아 세 개만 고쳐 주면 고맙겠다고 사정하면서 사고 당일 음주 사실은 완강히 부인했다.

다행히 웨딩 행사에 참여한 업체들이 B씨의 치료비를 부담하겠다고 하여 나와 B씨는 가벼운 마음으로 치과로 향했다. 치과에서는 B씨의 치아를 검사한 후 네 개를 해야 한다고 했고, 우리는 흔쾌히 동의했다.

그런데 두 차례에 걸쳐 치료를 받던 B씨가 갑자기 찾아와 싼 것으로 할 수 없다며 당시 개당 500만 원이나 하는 임플란트로 해 달라고 요구했다.

나는 "치과 기술이 좋으니 어서 치료를 하고 음식을 잘 드시라"며 치료를 권했지만 듣지 않았다. 웨딩업체들도 임플란트는 곤란하다며 거절했다. B씨는 소송 운운하더니 화를 내며 나가 버렸다. 그 후 2년이 지나도록 연락도 없고 찾아오지도 않았다. 나와 웨딩업체는 사고와 치료비를 잊어가고 있었고, 나는 인천 터미널역을 떠나 다른 부서로 자리를 옮겼다.

그곳에서 B씨가 공사를 상대로 소송을 제기했다는 얘기를 들었다. 그는 소송 직전 자신의 돈으로 치아 네 개를 치료하고 영수증을 붙여 500만 원을 배상하라는 소장을 접수시켰다. 사고가 난 지 3년이 조금 지난 후였다. 그의 소장을 무료로 작성해 준 사무장은 내게 합의를 하라고 했지만, 나는 웨딩업체들이 이미 해산되었고 당시 치료를 거부한 사람은 B씨라며 거절했다.

공사에는 소송담당자가 있고 고문변호사도 있었지만 3년 전

문서는 모두 폐기되었고, 그 일에 대해 기억하는 사람도 없어 답변 자료는 모두 내가 준비해야 했다. 거짓이 진실인 양 작성한 소장을 읽으며 화가 났지만 진실을 입증해야만 하는 일은 정말 힘들었다.

하지만 당시 사고를 목격한 공익요원도 찾았고, B씨 치과 진료기록도 확보했다. 힘들게 자료를 수집하던 중 '모든 손해배상은 손해를 입은 사람이 3년 이내에 청구하여야 한다'는 법문을 해석하다가 B씨가 제기한 소송이 3년하고 5일이 지났음을 발견했다. 5일은 내게 매우 유리한 날짜였다. 나는 확보한 치과 진료기록을 근거로 손해배상청구기한이 지났다는 답변 자료를 만들 수 있었다. 살면서 재판이란 것은 나와는 무관한 일로 알았기에 법원에 출두하는 마음은 긴장감과 참담함 그 자체였고 말 못할 고통이었다.

현명한 재판관은 판결에 앞서 B씨에게 손해배상청구시한 3년이 지났다는 점을 주지시키면서 3년 전 사건 관련 날짜 몇 가지를 질문했는데, B씨는 오래 전 일이라 기억할 수 없다고 대답했다. 그러자 재판관은 "소송을 하면서 날짜를 모른다고 대답하는 경우가 어디 있느냐"며 "3년이 지나지 않았다는 것을 증명할 수 있는지"를 다시 물었고, 그는 "증명해 보일 수 있다"고 대답했다.

B씨의 대답 때문에 빨리 끝날 것 같던 재판은 그 후 네 차례나 더 열렸으나 큰소리치던 B씨는 아프다는 핑계를 대고 재판

인천터미널역에서 전국 최초로 열린 웨딩 페스티벌

장에 나타나지 않아 결국 '취하간주'로 판결이 떨어졌다.

소송 때문에 법원을 찾은 사람들의 표정이 밝을 리 없었다. 많은 재판과정을 지켜보면서 상사와 부하 관계도, 친척 관계도, 이웃 관계도 신뢰하기엔 너무 먼 관계라는 생각이 들었다. 아주 작고 사소한 일조차 모두 소송으로 해결하려는 것 같아 보였기 때문이다.

애태우며 재판에 매달렸던 6개월은 생각도 하기 싫은 기억이다. 지하철에서 발생하는 크고 작은 안진사고기 언제라도 소송에 휘말릴 수 있음을 알게 된 나의 첫 소송은 비싼 대가를 치른 인생 공부였다.

지하철 무관심은 범죄로 이어진다

많은 사람들이 이용하는 지하철역에서 주변 상황에 관심을 갖고 살펴보는 것은 쉽지 않다. 하지만 아무 이유 없이 범죄를 저지르는 '묻지마 범죄'가 급증하고 있으니, 때와 장소의 구분 없이 발생하는 안전사고 예방을 위해 주변 상황에 관심을 갖는 것이 좋을 듯하다.

예전에는 안전사고라 하면 단전이나 열차사고 등 직접적인 원인이 대부분 운영기관 쪽에 있었지만, 최근에는 불특정인의 돌발행위로 일어나는 일들이 많다. 두세 명의 직원에게 우리 안전을 모두 맡길 수도 없으니 스스로 주변을 둘러보아야 한다.

언젠가 열차가 역에 들어오기 직전 선로에 뛰어든 고객이 있었다. 다행히 CCTV를 지켜보던 직원이 발견하여 역무실에 설치된 열차 비상정지 버튼을 누른 후 승강장으로 달려가 고객을 안전하게 대피시켜 큰 사고를 막았다. 승강장에는 많은 고객이 있었지만 선로 위를 유유히 걸어가는 사람을 바라볼 뿐 누구 하나 가까이 있는 '비상버튼'을 누르지 않았다. 승강장에 어떤 안전시설물이 있는지 몰랐던 것이다.

어느 퇴근시간에 전동차에 오른 한 노인이 경로석에 앉자마자 담배를 꺼내들었다. 주위에 있던 여고생 몇 명이 "할아버지, 여기서 담배 피우시면 안 돼요" 했지만, 노인은 "싫으면 니들이 다른 차를 타고 가라"며 학생들에게 버릇없다고 야단을 쳤다. 여고생들은 노인의 기세에 눌려 "여기서 이러시면 안 되는데…" 하고 작은 소리를 냈고, 노인의 목소리는 더 커졌다.

그때 같은 객실에서 책을 읽으며 서 있던 중년 아저씨가 노인에게 "전동차 안에서는 담배를 피울 수 없으니 끄세요" 하고 점잖게 말했다. 노인은 약간 머뭇거리는 듯하더니 오기가 생겼는지 담뱃불을 끄지 않고 그냥 버텼다.

그러자 중년 아저씨가 아까보다 좀 더 큰 목소리로 "담뱃불 끄시라니까요" 하고 다시 경고했고, 주변사람의 시선은 모두 노인에게 쏠렸다. 결국 노인은 안 되겠다고 생각했는지 담뱃불을 껐다. 중년 아저씨는 아무 일 없었던 듯이 돌아섰고 주변에서는 '휴우' 하는 안도의 한숨소리가 새어나왔다.

잠시 후 노인은 화가 안 풀린 듯 중년 아저씨에게 버럭 소리를 질렀다.

"그래, 너 참 자알 났다, 자알 났어."

학생들 사이에서 킥킥거리는 웃음소리가 들렸다.

엄청난 인명피해를 낸 대구지하철 화재참사도 한 승객의 방화에서 시작되었다. 주변에서 어떻게든 말리고 관심을 가졌다면 작은 소동으로 끝날 수 있었을 것이다. 이렇듯 주변 상황에 조금만 관심을 가진다면 작은 불씨는 예방할 수 있다.

해마다 많은 예산을 들여 상시 역무원과 연락할 수 있는 비상 버튼 등 고객 안전장치를 설치하고 있다. 아무리 좋은 시설과 안전장치가 있다 해도 '묻지마 사고'에 대한 안전 대응 요령은 각자의 관심이 있어야만 알 수 있다.

평소 지하철을 이용하면서 열차 내 비상상황 시 어떻게 출입문을 열어야 하는지, 기관사와는 어떻게 연락을 취하는지 관심을 가져보자. 다중시설을 이용하면서 나만 괜찮다면 만사 오케이라는 안이한 생각은 금물이다.

편의시설과 흉기 사이

인천터미널역에는 대형백화점과 연결된 짧은 에스컬레이터가 있다. 그 옆에 있는 계단이 높지 않아 그냥 걸어 올라가는 사람들이 더 많은데, 이런 곳에서도 믿기지 않는 안전사고가 일어나고 있다.

한 번은 휠체어를 탄 장애인 세 사람이 에스컬레이터를 이용해 올라가려 하고 있었다. 바로 옆 엘리베이터나 휠체어리프트를 이용하라고 권했지만 듣지 않았다.

그들 중 한 사람은 "내가 한두 번 하는 줄 아느냐"면서 양팔을 벌려 에스컬레이터 손잡이를 잡더니 에스컬레이터에 휠체어를 실었다. 말릴 틈도 없이 휠체어는 40도 각도로 세워진 채 올라가고 있었다. 다른 두 사람은 그의 안착에 박수를 치며 좋아했다. 먼저 올라간 장애인은 아래쪽에 있는 친구들에게 "나처럼 하면 된다"며 빨리 올라오라고 재촉했다. 그러자 말리는 직원을 무시하고 휠체어를 에스컬레이터에 실었고 나머지 사람도 바로 뒤따르려 했다.

그 순간 앞서 올라가던 장애인의 휠체어가 갑자기 뒤로 조금 밀리더니 뒤에 있던 장애인과 함께 굴러떨어졌다. 그 옆에 서 있던 직원도 눈 깜짝할 사이에 두 대의 휠체어 사이에 다리가 끼면서 함께 넘어졌다. 순식간에 벌어진 사고로 이 광경을 목격한 주변 사람들의 입에서 비명소리가 흘러나왔고, 에스컬레이터는 작동을 멈췄다.

불행 중 다행으로 장애인들은 "괜찮다"며 미안해 했다. 현장에 달려온 직원들이 다시는 이렇게 이동하지 말라고 신신당부하면서 휠체어를 들어 옮겨 주었다. 장애인을 위한 엘리베이터와 휠체어리프트가 있는데도 조금 빨리 가겠다고 에스컬레이터에 무리하게 휠체어를 올리다가 일어난 사고였다.

또 어린아이들이 에스컬레이터에서 장난을 치는 경우가 많다. 부모와 함께 외출한 어린이가 내려가는 에스컬레이터를 타고 거꾸로 뛰어 올라가는 모습을 종종 보게 된다. 아이가 대합실에서 뛰는 것만 봐도 걱정이 되는데 에스컬레이터가 오락기구인 양 거꾸로 뛰어 올라가는 모습은 아찔하다. 어른들이 옆에서 말리지도 않고 말려도 듣지 않는다. 자칫 아이가 중심을 잃으면 바로 사고로 이어질 수 있다.

반대로 백화점 쇼핑카트를 가지고 역대합실까지 내려오는 일이 많다. 백화점 직원들이 말려도 오히려 왜 안 되느냐고 되묻는다. 직원들은 종종 대합실 여기저기에 두고 간 쇼핑카트를 치우는 게 일이다.

아기를 태운 유모차를 에스컬레이터에 올려 이동하는 모습 역시 안전불감증이다. 보기에도 불안하지만 이 또한 조급증 때문인지 잘 지켜지지 않는다.

1995년 대구지하철이 개통되었을 때 그곳 직원들의 하소연이 생각난다. 직원들은 에스컬레이터가 설치되어 있는 역마다 넘어져 다치는 고객들이 줄지 않는다며 걱정이 이만저만이 아니었다. 처방책으로 역의 모든 에스컬레이터의 가동을 중지하기도 했었다. 물론 오래가지 못하고 다시 가동했지만 에스컬레이터에서 발생하는 안전사고가 얼마나 많았는지, 또 직원들의 고심이 얼마나 컸는지 짐작할 수 있다.

지금은 어딜 가디라도 에스컬레이터와 같은 편의시설이 다 있다. 그런데도 사고는 계속되고 있다. 이와 같은 편의시설이 필요한 것은 누구나 인정하지만 예기치 않은 안전사고는 관리자들을 당혹스럽게 만든다.

기계는 정직하다. 자동차처럼 부드럽고 바르게 사용하는 사람에겐 안전과 편리를 보장하지만 함부로 다루는 사람에겐 상처를 주는 흉기일 수 있다. 안전사고 사례를 보면 수칙을 지키지 않아 발생하는 건수가 대부분이기 때문이다.

사고란 누구에게나, 또한 언제든지 일어날 수 있다. 유대인 속담에 '불이 난 뒤에 도와주는 사람보다 불이 나지 않도록 미리 예방해 주는 사람에게 더욱 고마워하라'는 말이 있다. 편의 시설 이용 규칙을 따라주는 것이 곧 안전을 지키는 일이다.

장애인 부부의 위험한 외출

"어머 역장님, 이게 몇 년 만인가요?"

쌀쌀한 날씨에 휠체어를 타고 외출 나온 장애인 부부와 마주쳤다. 6년 만의 만남이다. 부부는 정말로 반가웠는지 안으로 들어가서 얘기하자는 나의 제의에 흔쾌히 휠체어를 돌렸다.

인천터미널역에서 매점을 운영하던 그들은 나와 연배가 비슷해 통하는 게 많았다. 부인은 전동휠체어에 의지해 늘 웃는 모습으로 뜨개질을 하여 주변사람들에게 나누어 주곤 했다. 남편은 다리가 불편해 힘들게 걸어다녔는데 그의 표정은 부인과 달리 늘 굳어 있었다. 두 사람은 나이 사십이 넘어 부부의 연을 맺고 성격차를 잘 참고 의지하며 살고 있었다.

오랜만에 만난 남편에게서 달라진 것은 표정이 밝아졌다는 것과 그도 능숙하게 전동휠체어를 운전한다는 것이었다. 부인은 이런저런 이야기를 하다가 "제 남편 죽을 뻔했어요" 하면서 위험했던 외출 이야기를 들려 주었다.

얼마 전 두 사람은 휠체어를 타고 인천행 전철 맨 앞 칸에 몸을 실었다. A역에 도착해서 남편이 먼저 내리고 부인이 뒤따라 내리다가 그만 전동휠체어 앞바퀴가 출입문과 승강장 사이에 끼는 사고가 났다. 당황한 부인이 도와달라고 소리를 치자 열차 안에 있던 사람들이 휠체어를 열차 안으로 잡아당겼다. 그때 출입문이 닫혀 버렸다. 부인이 내리지 못했는데 출입문이 닫히자 승강장에 있던 남편이 놀라 휠체어를 돌려 출입문 앞으로 다가왔다. 그러나 닫힌 출입문은 열리지 않았다.

부인은 열차 안에서, 남편은 열차 밖에서 서로 안타깝게 쳐다보고만 있었다. 이런 상황을 모르는 열차는 곧 출발했고, 출입문 가까이에 있던 남편에게 또 문제가 발생했다. 열차가 움직이면서 남편의 휠체어가 열차에 딸려 가다가 열차와 승강장 안전 펜스 사이에 끼어 열차와 똑같은 속도로 휠체어도 같이 딸려 가고 있었다. 열차 안에 있던 사람들이 그 모습을 보고 놀라 열차를 세우라며 운전실 문을 두드렸는데, 딸려 가던 휠체어가 승강장 끝 선로에 떨어지고 나서야 열차가 멈췄다.

많은 사람이 안타깝게 지켜보는 가운데 선로에 떨어져 의식을 잃었던 남편이 정신을 차렸다. 그는 곧바로 병원으로 옮겨져 한 달이나 병원 신세를 졌다.

"튼튼한 휠체어가 다 부서지고 남편이 정신을 잃고 나가떨어졌는데 한 군데도 안 다친 거예요. 기적 아닌가요? 남편이 안 다쳤으니 망정이지 그렇지 않았으면 어쩔 뻔했겠어요."

부인은 다시금 놀란 가슴을 쓸어내렸다. 마음을 진정시켜 주려고 따뜻한 차를 대접하려 했으나 그들은 극구 사양했다. 화장실을 이용하기 어려워 외출할 때 물을 마시면 안 된다는 것이 그 이유였다. 부부는 최근 간석오거리역에 엘리베이터가 설치되고부터 이곳을 자주 이용한다며 좋아하면서도 여전히 외출은 두렵다고 했다.

인천메트로는 장애인을 위하여 2010년 말 모든 역에 엘리베이터 설치사업을 완료했다. 건설 당시부터 엘리베이터를 설치하지 않아 결과적으로 예산을 낭비했다는 시의회의 지적도 있었지만, 이제 모든 역에 엘리베이터가 설치되었으니 장애인들의 지하철 이용은 안전하고 편리해졌다.

장애인 편의시설은 이동권 보장을 위한 편리함을 제공하는 것을 넘어 그들의 생명줄이라는 교훈을 얻었다. 경기가 안 좋아 생계를 걱정하는 그들을 배웅하고 돌아왔는데, 그들은 다시 찾아와 "아까 빈손으로 와서 미안했다"면서 포도 세 송이와 따뜻한 마음을 손에 쥐어 주고 급히 돌아섰다.

여성 전용칸

인천터미널역 밖으로 나가면 넓게 잘 가꾸어진 공원이 있다. 지금은 역 주변도로에 빼곡하게 주차장이 자리를 잡아 혼잡해 보이지만, 개통 무렵에는 도로와 공원이 텅 비어 대낮에도 역 주변은 을씨년스러웠다.

어느 대낮이었다. 20대 젊은 여성이 역무실로 뛰어 들어와 "역 밖에 이상한 사람이 있다"고 다급하게 말했다. 여성이 말한 출구 밖으로 급히 나가보니 사람 그림자조차 찾을 수가 없었다. 허탕을 치고 돌아와 자초지종을 들으니 속칭 요즘 말로 '바바리맨'이 출입구 밖에 서 있다가 어쩌다 마주친 여성을 상대로 성희롱을 한 것이었다. 한적한 주변 환경 때문에 성희롱뿐 아니라 자전거 도난사고도 많아 외부 순찰까지 강화했지만 달라지는 것은 별로 없었다.

인적이 드문 시간에 여자 화장실에 몰래 숨어들어 놀라게 하는 범죄도 잊을 만하면 한 번씩 터졌다. 여성들은 역무실에 와서 신고를 하고는 밖으로 나가는 것을 몹시 두려워했다.

서울경찰청 국정감사자료에 의하면 2003년도 지하철 범죄건수는 1,252건. 그 중 성범죄수는 40%인 505건이고 2006년에는 608건이었다. 그리고 2010년 8월에는 지하철 범죄건수 1,688건 중 796건이 성범죄로 나타나 47.1%라는 놀라운 기록을 보였다.

KBS가 수도권 여성 1,360명을 대상으로 지하철 성추행 경 유무와 관련해 설문조사를 했는데, 40.6%가 경험이 있고 24.6%는 성희롱을 당했다고 한다. 여성 10명 중 6.5명이 지하철 성범죄를 당한 셈이니 얼마나 많이 일어나는지 알 수 있다.

지하철 고객 증가에 따라 범죄도 증가하고 있어 관계자들을 긴장시키고 있다. 게다가 지하철 범죄를 단속해야 하는 지하철 경찰대 인력이 해마다 축소되고 있다는 소식은 더 고민을 하게 한다.

그래서 서울시가 고육지책으로 올해 다시 심야시간대 2호선 열차의 중앙 두 칸에 '안전칸'을 만들어 여성 전용으로 운영하겠다고 발표했지만 그 실효성을 두고 찬반이 분분했다. 1992년에도 철도청과 서울지하철공사가 '여성·노약자 전용칸을 지정해 운영한 경험이 있기 때문이다.

복잡한 출퇴근 시간대에 여성 전용칸 구분 없이 올라타는 남성들이 많아지면서 기능을 제대로 살리지 못하고 슬그머니 사라졌다. 일본에서도 우리보다 먼저 여성 전용칸 운영을 시도했지만 효과가 있었다는 소식은 들리지 않는다.

위안이 되는 소식이라면 2007년 11월경 지하철에서 상습적으로 성추행을 벌여 온 대담한 범인이 재범의 우려가 있다며 징역 6개월 실형을 받고 교도소에 보내진 일이었다.

그래서인지 당시 SBS에서 지하철 내 범죄 예방을 위한 CCTV 설치에 대해 여론조사를 했는데, 인권 논란에도 불구하고 성인 85%가 찬성했고 그 중 인천·경기 응답자는 93%의 높은 찬성율을 보였다.

캐나다에서는 상습 지하철 성추행범이 피해 여성의 셀폰에 찍혀 수배당하는 일이 있었다. 이렇게 지하철 성범죄에 여성들이 적극 대처하면 좋겠지만 그렇지 못할 경우에는 112에 문자 메시지를 보내 신고하는 방법도 있다. 어느 방향 열차인지, 객실 칸 번호를 눈여겨보아 두었다가 문자로 전송하면 다음 역에서 검거할 수 있다. 여성들은 여성 전용칸이 있든 없든 이제 지하철 성범죄로부터 자신을 지키기 위해 지하철 내 또는 역에서 안내하는 사안들을 기억해 두어야 한다.

배설은 생명을 지키는 본능

지하철의 꽃은 단연 기관사다. 어릴 때 기차놀이를 해 본 사람이라면 기관사가 되는 꿈을 꾸어 봤을 것이다. 나의 눈에 비친 기관사는 역 승강장에 다다를 때마다 시선은 정면을 향한 채 무표정으로 경례를 하는 모습이었다.

2007년 12월 서울지하철 용두역에서 기관사가 전동차 기관실에서 급한 용변을 해결하기 위해 문을 열었다가 선로에 떨어져 뒤따르던 차에 치어 숨지는 사고가 있었다.

한 평 남짓한 기관실에 몇 시간씩 혼자 있어야 하는 기관사들의 고독과 외로움은 그렇다 치더라도, 일년에 한두 번은 기관사 누구나 겪는다는 생리적 배설에 대한 두려움이 이 기관사의 사고를 통해 수면으로 떠오른 것이다.

어느 늦은 밤, 관제실로부터 "곧 인천터미널역에 도착할 열차 몇번 칸에 취객이 난동을 부린다고 하니 확인하라"는 급한 전화가 왔다. 실제로 전동차 안에는 체격이 우람한 취객 한 명이 쩌렁쩌렁 소리를 지르며 승객들을 공포 속으로 몰아넣고 있었다.

직원 세 명이 취객을 밖으로 나오게 하려 했지만 그는 손잡이를 붙잡고 큰 대(大)자로 누워 온힘을 다해 반항했다. 취객 한 명과 실랑이를 벌이는 사이 열차가 10여 분 지연되고 말았다. 열차가 지연될 때 기관사와 관제실의 초조함이란 일년과 같은 긴 시간이다.

경영개선의 일환으로 도입된 1인 승무제도는 보조차장 없이 홀로 운전대를 잡고 있는 기관사에게 만능을 요구하고 있다. 그런데 기관사의 대화 통로는 관제실이 유일하다. 그래서 승객이 기관사에게 다급한 신호를 보내도 운전실을 지켜야 하는 기관사가 알아서 조치할 수 있는 일은 한계가 있다.

승객들의 다양한 욕구를 운전 중인 기관사의 힘으로 감당하기 어려운 현실 속에서 혼자 역량을 발휘하다가 열차시간이라도 지연되면 여러 곳에서 닦달이 이어진다.

늘어나는 스크린도어가 자살사고 예방에 기여하고 기관사나 시민들에게 큰 위안인 것은 사실이지만, 기관사들은 열차의 출입

전동차를 운행하고 있는 기관사

문 취급과 정차시간에 맞춘 정시운행을 지키기 어렵다고 한다.

기관사들은 중간 대기시간 동안 휴게시간을 보장받긴 하지만 출퇴근 시간을 포함하여 하루 12시간 이상 지하철과 동고동락한다. 그들은 불규칙한 스케줄 때문에 제때 식사를 못하거나 또 밥을 먹더라도 운행 중에 화장실을 가지 않으려고 국은 거의 먹지 않고 물도 정말 참기 힘들 때만 마신다고 한다.

유사한 직종인 버스기사들에게 유난히 많은 경범죄는 노상방뇨다. 배차시간을 맞추기 위해 운전을 하다 보면 화장실에 갈 시간이 없고, 종점에 도착해도 화장실 있는 곳이 거의 없기 때문이란다. 전국자동차노조연맹 대전지역 버스노조원들의 파업 때 가장 많이 제기된 문제 중 하나가 화장실 복지였다.

배설은 인간의 생명을 지키는 본능적 행위다. 이런 생리적 욕구를 제때 해결하지 못하는 근로자들은 업무 특성상 오랜 시간 자리를 떠날 수 없는 기관사, 운전기사, 대형할인점 계산원, 전화교환원, 건설근로자들이다. 이들에게 화장실은 말 그대로 '머나먼 천국' 이다.

이번 기관사 사고를 계기로 제때 화장실에 가지 못하는 것을 건강 보호를 넘어 심각한 인권문제로 접근하기 시작했다니 다행이다.

기관사들은 출퇴근 시간에 승강장에 꽉 차 있던 사람들이 자신이 운전하는 열차에 모두 승차한 후 텅 빈 승강장을 보면서 시민을 위해 자신이 큰 봉사를 하고 있다고 생각하며 보람을 느끼고 있다.

지금 우리는 기관사에게 열차를 운행해야 하는 최첨단 시스템 운용능력은 물론 위급상황 대처능력과 정시운행, 그리고 수천 명에 이르는 고객에 대한 배려와 서비스정신까지 더 많은 요구를 하고 있다. 그러나 기관사들이 시민들에게 바라는 것은 오직 하나뿐이다.

"열차가 진입할 때 장난치는 아이들이나 취객들이 안전선인 노란선 안으로 들어와 있어 위험한 순간이 많으니 승객들이 승강장에서 조금만 주의를 해 줬으면 좋겠다"는 것, 바로 그것이다.

몰카, 유죄 무죄 논란을 보고

2008년 3월 23일, 대법원 3부는 30대 남성 김모 씨가 2006년 12월 지하철에서 앞자리에 앉아 있는 미니스커트 차림의 20대 여성의 다리를 수차례 카메라로 찍은 행위에 대해 무죄를 확정했다.

김씨는 벌금 50만 원에 약식 기소됐으나, 1심 재판부는 "김씨가 '성적 욕망이나 수치심을 유발할 수 있는 타인의 신체'를 촬영했다고 보기 어렵다"며 무죄를 선고했고, 대법원도 역시 "타인의 짧은 치마 아래로 드러난 다리를 촬영했다 해도 성폭력범죄처벌법에 저촉되지 않는다"고 밝혔다.

한 달 후, 서울중앙지법 형사6부는 한 초등학교 교장선생이 버스에서 여고생의 치마 밑으로 드러난 허벅지를 찍은 사실에 대해 유죄를 선고했다. 재판부는 스스로 노출한 허벅지도 성적 수치심을 유발할 수 있는 부위라면서, 촬영 각도와 휴대전화 폴더를 가로로 돌린 행위 등으로 볼 때 고의적으로 사진을 찍었다고 판단된다며 벌금 100만 원을 선고했다. 재판부는 "촬영은 영상의 존속과 전파 가능성 등으로 인해 단순히 쳐다보는 것과는 본질적으로 차이가 있으므로 범죄 대상이 되지 않는다고 할 수 없다"고 밝혔다.

늘어만 가는 타인의 신체에 대한 몰래카메라 촬영. 그러나 최근 비슷한 사안에 대한 정반대의 판결을 보면서 처벌기준이 무엇인지 네티즌들 사이에서는 갑론을박 논쟁이 있었다.

전동차 안에서 초미니스커트를 입은 여성들과 그 앞에 마주 앉은 사람들을 유심히 바라본 적이 있다. 여성들은 서서 가는 것이 오히려 편해 보였고 좌석에 앉아 가는 모습이나 계단을 오르는 모습은 매우 불편해 보였다. 문제는 그들만 불편한 것이 아니라는 데 있었다.

미니스커트를 입은 여성들은 치마가 짧아 그러려니 하겠지만 긴 치마를 입은 여성들 중 몇몇은 너무 편히 앉아 가는 자세 때문에 마주앉은 사람들을 불편하게 하기도 한다. 여성인 나도 민망해 시선 둘 곳을 찾아야 했다.

미니스커트에 대한 첫 논쟁은 그 옛날 가수 윤복희 씨가 귀국

하면서 미니스커트를 입고 트랩을 내려오면서 시작됐다. '윤복희의 무릎팍 테러'라는 이 일이 있은 후부터 여성들은 긴 치마를 짧게 자르고 거리를 누비기 시작했고, 당시 30cm 자를 들고 다니는 단속반이 등장했다고 한다. 윤복희 씨는 당시 미니스커트를 입고 귀국한 이유를 단지 "남자친구에게 잘 보이기 위해서였다"고 한다.

젊음의 상징, 미니스커트가 무슨 죄인가.

유죄 무죄 논란의 대상이 되고 있는 여성의 미니스커트 몰카 사건을 보면, 개성은 존중되어야 하지만 나도 모르는 사이 몰래 카메라를 찍으려는 잠재적 범죄자들의 표적은 아닌지, 그런 호기심 범죄는 계속 늘고 있다는 것을 생각해 보기 바란다.

지하철 무료신문, 약인가 독인가

인천터미널역에 들어선 임대시설 중 신문판매소가 있다. 한 쪽 팔을 쓰지 못하는 장애인이 운영하는데 이용객이 가장 많은 역인데도 신문이 안 팔린다며 전전긍긍했다.

어느 날 한 신문보급소에서 인천터미널역 손님들에게 무료로 신문을 나누어 주겠으니 장소를 협조해 달라며 찾아왔다. 나는 신문판매소가 있어 역 구내에서는 안 된다고 거절했고, 그들은 다른 곳을 찾아 나섰다.

그러나 한 달도 지나지 않아 시범 운영한 무료신문이 지하철 이용객들에게 인기를 끌자 그들은 수도권 전역 출입구 앞에 무료신문을 비치하고 마구 나눠 주기 시작했다. 신문이 가장 많이 팔려야 하는 출근시간대에 승객들은 보통 신문보다 작고 읽기 편한 무료신문을 들고 즐거워했고, 신문판매소는 점점 더 울상을 짓더니 문을 닫고 말았다. 2002년경 일이다.

세월이 흐른 지금, 무료신문을 들고 즐거워하던 승객들이 이제 무료신문으로 인해 눈살을 찌푸려야 하는 지경에 이르렀다. 전국 지하철 운영기관들 역시 매일 300만 부 이상 뿌려지는 무료신문 때문에 몸살을 앓고 있다. 신문수집이 생계수단이 되면서 출근시간이면 버려진 신문을 서로 가져가려는 노인들 때문에 하루도 조용한 날이 없기 때문이다.

선반 위 신문을 서로 가져가려고 몸싸움을 하고 전동차 한쪽에 챙겨 놓은 신문을 슬쩍 집어가려던 노인과 이를 챙겨 놓은 노인 사이에 고성이 오간다. 또 노인들은 서 있는 시민들을 쿡쿡 찔러 선반 위 신문을 내려달라고 하는가 하면, 자는 사람을 깨워 신문을 달라고 한다.

이렇게 신문을 먼저 수거하려고 밀치고 지나다니니 승객과의 싸움도 종종 발생해 출근길이 더 지옥철이 되었다고 불평하는 사람들이 늘었다. 하지만 무료신문이 존재하고 또 생계를 위해 그것을 수거하는 노인이 있는 한 이를 막을 대안이 없다는 것이 더 큰 고민이다.

서울메트로는 이를 해결하기 위해 '무료신문 수거인 인증제'를 도입했었다. 이 제도는 수거원 180명을 선발하여 유니폼을 입히고 일정한 시간대에만 신문을 가져갈 수 있도록 한 것인데, 인증받은 이들에게 출근시간대 외에만 수거를 하도록 명시하는 바람에 다른 노인들이 출근시간대에 더 몰리는 부작용을 낳았고, 또 수거원들조차 신문을 한 부라도 더 걷어가기 위해 시간과 구역을 어기는 바람에 얼마 못 가 폐지되었다.

이 제도가 폐지되고 나서 오히려 경쟁하듯 신문을 수거하려는 노인들만 급증하자 '기초질서 지키기 캠페인'으로 지하철 내 선반에 신문을 올려놓지 말아 달라는 내용의 스티커를 부착하고 승강장 계단 입구나 개표구 등에 신문수거함 300여 개를 설치했다. 그러나 이 캠페인 또한 별 효과가 없고 되레 수거함까지 뒤지는 노인들만 생겼다.

설상가상으로 한 무료신문의 경우 역 밖에서 나누어 주는 기존 무료신문과 달리 서울메트로와 무인홍보대 계약을 하고 지하철역 안으로 들어오는 공격적 마케팅을 하면서 오랫동안 무료신문의 폐해와 불법성을 알려온 대책위원회와 무료신문으로 인한 생계 위협을 주장해 온 가판업자들의 무료신문 규제입법 청원도 있었다.

무료신문의 등장은 2003년 광고계 10대 뉴스에 선정되는가 하면, 삼성경제연구소가 네티즌을 대상으로 실시한 설문조사에서도 10대 상품 중 하나로 선정된 바 있다. 또 미디어트렌드 조사 결과 무료신문은 강력한 보급·유통망과 틈새시장 공략으로 대중교통 이용자들이 가장 선호하는 인쇄매체로 확고히 자리 잡았다.

인천지하철은 전동차 내부를 불연재로 모두 교체하면서 전동차 내 선반을 없앴다. 전동차에 선반이 없으니 쓰레기나 유실물도 줄었고, 우발적으로 선반 위 신문에다 불을 붙이는 사고 우려도 없어졌다.

선반이 없다며 불편을 호소하는 민원이 있었으나 요즘 같은 때에는 승객들이 오히려 무료신문 때문에 일어나는 갖은 불편에서 자유로워 보인다.

무료신문은 기껏해야 10분에서 한 시간 정도의 수명을 마치고 쓰레기가 되지만, 많은 지하철 이용객들에게 정보와 즐거움을 주는 매체임은 부정할 수 없다.

무료신문 절도, 유죄인가 무죄인가

경제가 어려워지면 절도죄가 늘어나는 법이다. 생계형 사기와 절도 범죄는 생활이 어려워질수록 더 기승을 부려 가뜩이나 힘든 서민들의 생활을 더욱 팍팍하게 만들 뿐 아니라 보는 이들을 안타깝게 한다.

서울에서는 생활비 마련을 위해 공중화장실의 알루미늄 문짝을 뜯어 팔다가 구속됐고, 광주에서는 44만 원 상당의 무료신문과 생활정보신문을 훔친 혐의로 불구속 입건되는 이도 있었다. 경기 군포에선 아파트를 돌며 소방호스 노즐을 훔쳐 팔다 경찰에 잡혔으며, 해고된 40대 남자는 지하철역 앞에 세워 놓은 자전거를 슬쩍하다 붙잡혔다. 또 지하철 내 선반 위에 놓인 승객의 가방을 상습적으로 훔친 대학 휴학생이 구속되기도 했다.

생활 속의 범죄는 늘어나고 그 행태도 이처럼 다양하다. 이 가운데 새롭게 등장한 신종 생계형 범죄(무료신문 절도)는 지하철 무료신문의 수난시대를 보여 준다. 무료신문을 훔치는 것은 유죄인가 무죄인가.

무료신문 관련 절도사건이 있었다. 서울 어느 지하철역에서 무료신문 131부를 무더기로 가져간 할머니가 입건됐는데, 업자는 "무가지지만 구독 시 1부당 1,000원을 받기 때문에 26만 2,000원을 훔친 셈"이라며 처벌을 요구했고, 경찰은 "할머니의 행위는 점유권이 인정되는 물품을 훔친 절도죄에 해당한다"고 했다. 그러나 불특정 다수에게 무료로 제공되는 무가지에 점유권이 인정되는지는 법조계에서조차 의견이 엇갈렸다.

"무가지는 누구나 들고 갈 수 있고 지키는 사람도 없기 때문에 점유권을 인정받기 어려워 절도로 보기 힘들 수 있다"는 의견과 "무가지는 목적을 가진 상품이어서 소유자가 재산권을 행사할 수 있고, 한 사람이 대량으로 가져가면 그 목적을 훼손시킨 것이기 때문에 절도에 해당할 수 있다"는 의견, 그리고 "무료로 배포되니 얼마만큼 가져가야 절도죄가 성립하는지 모르겠다"는 등 다양한 의견이 그것이다.

이런 사건이 전국으로 확산되고 있다. 생계를 위해 지하철 내에 버려진 무료신문을 서로 가져가려는 노인들이 급증해 출퇴근 시간대 승객들이 고통을 호소하더니, 이제는 무료신문을 대량으로 훔치는 일이 빈번해져 무가지 업체들 또한 골치를 앓고 있다.

청주지역에서는 무가지 배부대 중 5% 정도인 200여 대 이상이 무단 수거의 표적이 되고 있다고 한다. 업체는 "폐지가격이 오르면서 주택가에 비치한 무가지를 훔쳐가는 사례가 크게 늘었다. 무단 수거는 때와 장소를 가리지 않으며 그 양은 20~30% 정도"라고 한다.

그리하여 업체마다 무가지 수시 예찰 활동은 물론 제보 전화 설치 등 무가지 절도 근절에 나섰고, 나아가 무가지를 대량으로 갖고 가는 것이 죄가 되거나 처벌대상이 되지 않는다는 인식이 무단 수거를 부추기는 요인이라 보고 홍보도 강화했다.

무가지 대량 절도에 대해 유죄를 인정한 청주지법 판사는 "무가지도 재산상의 가치가 있는 재물에 해당하며 지속적인 관리가 이뤄지는 만큼 발행사의 점유물로 인정된다. 오로지 폐지로 판매할 목적으로 이를 단기간에 걸쳐 대량 수집하는 행위는 절도로 봐야 한다"고 판결했다.

법원에서 무가지 절도 행각에 대해서 분명히 유죄를 선고한 것이다. 무가지 몇 장이라 하더라도 시민을 위한 시설물이나 물건은 함께 공유한다는 인식과 서민들이 애용하는 지하철과 그 부대시설을 아끼는 마음이 필요하다.

보이지 않는 후유증

지하철 근무 20년을 넘긴 조모 씨는 시력이 급속히 나빠지는 것을 몹시 걱정하고 있었다. 나이가 들어 찾아오는 노안일 수도 있지만 그의 경우는 좀 예외인 듯하다. 그는 몇 해 전만 해도 인천시장배 탁구대회에 출전하여 8강까지 올랐던 건장한 사람이었기 때문이다.

여에서 야근을 한 다음날 아침 7시경, 그는 터널 안에 뭐가 있는 것 같다는 신고를 받고 뛰어갔다. 선로로 급히 내려가 컴컴한 터널에 들어섰을 때 한 노인이 '죽음을 결심한 듯' 열차 방향을 등지고 선로 위에 앉아 있는 것을 발견했다. 열차가 들어올 시간이라 그는 이유를 생각할 겨를도 없이 노인을 강제로 업고 온힘을 다해 승강장으로 올라왔다. 일촉즉발 상황과 극도의 긴장 속에 사력을 다해 노인을 구하고 본인도 기진맥진해 쓰러졌다. 그 후 급속한 시력저하가 왔다고 한다. 그렇게 큰 대가를 치르고 살려낸 노인은 그날 다시 자살을 시도, 결국 생을 마쳤다. 이런 일들이 어찌 인천지하철 직원만의 문제이겠는가.

2009년에는 연인들이 사랑을 나누는 밸런타인데이에 네 명이 철도에서 목숨을 잃는 등 지하철 사고는 매일 발생하고 있다. 아픈 사연이 있는 사고 소식도 안타깝지만 사고를 수습하는 직원들의 몸과 마음이 병들어 가는 것은 잘 알지 못한다.

국회에 보고된 서울지하철(1~8호선) 사고건수(2004. 1~2008. 8)는 총 272건으로, 자살 239건, 본인 부주의 33건이며 사망자 172명, 부상자 102명이다. 또 2007년 통계를 보면 일반 및 고속철도 사망 94건, 도시철도 사망 98건으로, 도시철도 사망자가 빠르게 늘고 있는데 특히 수도권에 많았다. 이용객 입장에서 수도권 도시철도망 확장은 반가운 일이지만 그만큼 사상사고가 증가하고 있다는 얘기다.

그래서 철도사고를 줄이는 대안으로 스크린도어가 설치중이며 현재 서울지하철 전역에는 설치 완료되었다. 인천은 아직 순차적으로 진행 중이다.

스크린도어로 철도사고를 다 예방할 수는 없다. 스크린도어 오작동 또는 사람의 부주의로 인한 안전사고가 생길 수 있기 때문이다. 실제로 스크린도어와 관련한 사고가 발생하고 있고 그 중 사망사고도 있다.

안전사고 보완 방안은 무엇인가. '안전요원'이다. 스크린도어는 기계다. 기계가 하지 못하는 것은 사람이 해야 한다. 일본 도쿄의 한 지하철역에는 직원은 물론 아르바이트생까지 10명 내외의 안전요원을 배치하여 안전사고 예방에 힘을 쏟고 있다. 그러나 우리나라는 공기업 인원 감축이 대세여서 안전요원 수는 자꾸 줄어들고 있다.

현재 우리나라 자살사망자수는 연 14,583명으로 OECD 가입국 자살률 1위다. 자살이 '자신이 원해서' 생기는 일이라지만 모든 형태의 자살은 사고를 목격한 승객, 기관사와 직원, 그리고 열차 지연에 따른 불특정 다수의 사회적 손실 등 많은 후유증을 남기고 있다.

이는 영화 '경의선'에서 기관사가 철로에 몸을 던진 한 여인을 보고 그 후에 겪는 고통스러운 감정의 파고를 살피는 것으로도 간접체험을 할 수 있다.

아무리 좋은 대책이 있어도 자살 같은 사고를 막기는 어렵다. 세월만큼 고객을 위해 일해 온 보람이 커지길 바라지만, 사고 후유증에 시달리는 직원들이 늘고 있어 마음이 아프다.

인천지
7급 지하철 그리
일시 : 2007. 3. 15(목) 10:00   장소

배려하는 사람은 아름답다

화장실에서 몰래 담배 피우는 여성들

지하철을 이용할 때 애연가들은 참 답답할 것이다. 지상으로 나가야 하는 번거로움이 있기 때문이다. 그러다 보니 지하철역 화장실은 몰래 흡연하는 장소로 그만이다.

대구지하철 화재사고 이후 공공장소뿐 아니라 역 구내와 전동차 내에서의 금연은 더욱 엄격해졌다. 하지만 아무리 홍보를 해도 흡연가들에겐 '소 귀에 경 읽기'인 듯하다.

대개 흡연하면 남성들을 연상하겠지만 여성 역장인 나는 여자 화장실에서 거짓말처럼 흡연자들을 매일 만났고, 그들 때문에 두 배로 몸고생 마음고생을 했다. 청소하는 아주머니들이 남자 화장실 아무 데나 버린 꽁초 때문에 힘들다는 푸념은 종종 들었지만, 깜짝깜짝 놀랄 작은 사고들은 몰래 담배를 피우려는 여자 화장실에서 더 많이 일어난다.

인천터미널역은 인근 백화점이 있어 여성 손님이 많은 편인데, 오후 너덧 시쯤 여자 화장실에 들어서면 거의 매일 고약한 담배연기를 맡아야 했다. 그때마다 문을 두드리며 다른 사람들도 들으란 듯이, "지금 안에서 담배 피우시는 분 얼른 나오세요" 하고 기다렸다가 역무실로 데려오곤 했다. 흡연자들은 밖으로 나오면 증거를 대라며 오리발을 내밀기 때문에 미리 선수를 쳐야 한다.

대부분은 놀라고 당황해서 고개를 숙이고 나오는데 몇몇은 '내가 뭘 잘못했느냐', '담배 피운 걸 증명해 봐라', '여자 화장실에 몰래카메라를 설치한 것 아니냐', '인권침해' 등을 운운하며 더 큰 소리를 내곤 했다.

끝까지 잘못을 인정하지 않고 금연 근거를 대라며 몰아붙이던 한 40대 아주머니가 있었다. 아주머니는 "금연법에 대해 들어본 적도 없고 화장실에 안내문도 붙어 있지 않으니 자신은 잘못이 없다"고 큰소리를 쳤다. 반성은 고사하고 잘못을 정당화하기 위해 큰소리를 내는 아주머니와 더는 대화가 안 되겠다고 판단한 나는 인근 파출소에 연락을 했다.

대구지하철 사고 이후 그러잖아도 지하철 사건사고에 노심초사하던 경찰이 쏜살같이 달려왔다. 경찰에게도 아주머니는 법적

근거를 대라며 소리를 쳤다.

경찰은 "1960년대부터 공공장소에서 금연하라고 법으로 제정되어 왔고 지하철역은 공공시설입니다. 몰랐어요? 여기서 담배 피운 행위는 법위반입니다" 하며 3만 원짜리 벌금고지서를 즉석에서 발부했다. 벌금고지서를 발부하자 그렇게 기세등등하던 아주머니는 "지금 벌금을 내고 갈 테니 고지서를 집으로 보내지 말라"고 사정하다가 돌아갔다. 경찰은 "아주머니가 너무 당당해서 놀랐다. 이런 일이 있으면 언제든지 연락하라"고 했다.

또 언젠가는 우리 역 대합실에서 3일간 큰 전시회가 열리고 있었는데, 여자 화장실에서 흡연자를 잡고 보니 전시회를 안내하는 도우미가 아닌가! 나와 마주친 그녀는 고개도 못 들고 "죄송합니다"를 연발하며 꽁지가 빠지도록 달아났다.

여자 화장실에서 꺼지지 않은 담배꽁초 때문에 플라스틱 쓰레기통이나 변기뚜껑이 검은 연기를 내며 타들어가 놀란 적도 있다. 그 후 쓰레기통은 모두 스테인레스로 바뀌었다. 흡연으로 인한 이런저런 일들은 역장으로 일하는 4년 내내 늘 나를 긴장시켰다.

지금 여자 화장실에서 목격한 단면을 적었지만, 사실 담배로 인한 크고 작은 일들은 남녀 화장실 구분 없이 일어나고 있다. 지하철역 내에서의 금연은 우리뿐 아니라 세계 여러 나라에서 요구하는 공공질서다. 타인을 배려하는 마음, 때와 장소 구분 없는 금연 실천으로 얼마든지 보여 줄 수 있다.

인천터미널역에서 열린 전시회

이름 없는 공연자를 위하여

인천터미널역은 이용객이 많고 문화공연을 하기에 아주 쾌적하고 넓은 대합실이 있어 전시회나 댄스 같은 각종 공연이 이어진다. 그래서 작은 무대와 고객들이 편안히 관람할 수 있도록 의자도 준비해 놓았다.

어느 해 가을, J대학 문예창작과 학생들의 졸업기념 시화전이 있었는데 학창시절 이후 처음 보는 시화전이라며 중년 여성이 작품을 사겠다고 졸라댔다. 의도한 것은 아니지만 그 이듬해에도 학생들의 시화작품이 모두 팔렸다. 그런데 아쉽게도 지금은 문예창작과가 없어져 멋진 시화전을 다시 볼 수 없게 되었다.

지금도 기억에 남는 공연이 있다. 흥겨운 남미 에콰도르 음악을 연주하는 시사이(SISAY) 공연단이 있는데, 1998년에 결성된 5인조 단원과 한국인 여성 매니저가 장소만 제공해 주면 무료로 공연을 하겠다며 찾아왔다. 당시에는 흔치 않은 공연이었다.

공연을 이끄는 여성 매니저는 난쟁이인데 스페인어가 유창했다. 나는 그녀가 60cm 높이의 무대에 올라가는 것이 어렵다는 걸 알고 보조계단을 만들어 주었다. 그랬더니 그 작은 배려에 얼마나 고마워했는지 모른다.

'엘 콘도르 파사' 로 유명한 감미로운 남미음악 공연 현수막을 걸고 홍보할 즈음, 한 아저씨가 전화를 걸어 '남미음악을 무척 좋아한다' 면서 좋은 공연을 볼 수 있게 되어 감사하다는 인사를 했다.

흥겨운 음악이 연주되자 몇몇 사람은 신나게 춤도 추고 앙코르를 외치며 대합실을 후끈 달아오르게 만들었다. 관객 모두 공연이 끝나는 것을 아쉬워했다.

그땐 변변한 스폰서도 없이 무료공연을 다니니 공연자들은 악기와 장비를 들고 메고 지하철로 이동하였는데, 최근에 작은 차를 마련했다고 자랑했다.

인천터미널역을 떠나 홍보팀에서 일하면서 나는 시사이 공연단을 다시 초청했다. 그들은 기꺼이 달려와 주었지만 나의 기대와 달리 관람객도 적고 앙코르도 없어 아주 맥빠지는 공연이 되고 말았다. 안타까운 마음으로 공연을 지켜보았다. 넓은 대합실

남미음악을 들려 주고 있는 시사이 공연단

에 울리는 그들만의 외로운 공연이 끝난 후 여성 매니저는, "여기저기 다녀봤는데 이렇게 썰렁한 공연은 처음"이라며 고개를 흔들었다. 반대로 멤버들은 관객 수에 관심이 없는 듯 혼신을 다해 공연을 마치고 땀을 닦으면서도 남은 흥을 돋우고 있었다. 남미인들의 꾸밈없는 모습이었다.

초라한 공연 이후 나는 그들을 다시 초청하지 못했다. 오히려 그들이 나를 서울로 오라고 했다.

지금도 역에서는 크고 작은 문화행사가 열리고 있다. 이 행사는 지하철을 이용하는 서민들의 지친 마음을 달래주는 청량제가 되고, 대중 앞에서 주체할 수 없는 끼를 발산하고 싶어 하는 청소년들이나 문화단체에는 역의 유휴 공간을 활용하도록 개방해 줌으로써 좋은 반응을 얻고 있다.

인천시청역에서 마련한 금요예술무대는 마술, 댄스, 노래, 연주 등 다양한 분야를 선보이는데, 시민들의 호응도 좋아 정기 공연이 펼쳐지고 있다. 공연자들은 관중들의 호응을 기다리고 있으니 작은 공연이라도 박수를 쳐 주고 눈길을 보내는 배려가 필요하다.

재능 있는 공연자들이 서울에서만 공연을 하려고 한다면 지역 문화수준의 발전은 기대할 수 없다. 역에서의 공연은 대가를 지불하고 편안하게 관람하는 공연이 아니다. 잠시 지나가면서 마음에 들면 보고 그렇지 않으면 그냥 지나치는 특성이 있다. 그래도 공연자들은 30분, 아니 5분의 공연을 위해 땀을 흘린다.

이름 없는 공연자들을 위해 잠시 발길을 멈추고 박수 한 번 쳐 주는 마음이 절실하다. 문화를 사랑하고 고객들을 즐겁게 해 주는 공연자들은 고객의 호응으로 힘이 나고 박수로 배부른 사람들이기 때문이다.

할머니의 가방

다음은 2008년 에피소드 공모전 수상작의 내용이다.

출근 승객들이 모두 빠져 나간 한가한 시간에 할머니가 세 살 쯤 되어 보이는 아이의 손을 잡고 전동차에 올랐다. 할머니와 나란히 앉은 아이는 전동차 나들이가 기분 좋은지 잠시도 쉬지 않고 할머니에게 질문을 쏟아냈다. 할머니는 피곤한 기색 없이 알아듣기 쉽고 짧게 모두 답을 해 주었다.

누가 봐도 호기심 많고 야무져 보이는 아이와 차분한 할머니의 대화는 자연스럽게 열차에 있던 승객들의 관심을 끌었다. 열심히 질문하던 아이가 갑자기 "목말라" 하고 짧게 말했다. 그러자 할머니는 기다렸다는 듯이 가방에서 빨대가 달린 작은 물병을 꺼내 건넸다. 아이는 자신을 쳐다보고 있는 맞은편 승객들을 쳐다보면서 물을 한 방울도 흘리지 않고 마셨다.

그리고 두 사람의 대화가 다시 이어지더니 이번에는 "쉬 마려" 하고 말했다. 이번에도 할머니는 기다렸다는 듯 가방을 열어 아까보다 좀 더 큰 뚜껑 달린 물통을 꺼냈다. 아이가 볼일을 마치자 할머니는 뚜껑을 닫아 자신의 가방 안에 넣었다. 볼일을 마친 아이는 기분 좋은 표정으로 다시 한 번 맞은편 사람들을 바라보더니 "책 읽어 줘" 하고 말했다. 할머니는 또 가방을 열어 아이가 좋아하는 책을 꺼내 바로 읽어 주기 시작했다. 내용을 모두 알겠다는 듯 고개를 끄덕거리던 아이는 이내 잠이 들어 버렸다.

그러자 열차 안에 있던 사람들은 귀여운 아이와 준비성 많은 할머니에게 한 마디씩 하기 시작했다. '아이가 귀엽다', '아이와 다니면 준비할 게 많다', '준비성이 대단하다' 등등. 그때 한 사람이 할머니에게 말했다. "할머니, 가방 좀 봅시다. 또 뭐가 들어 있는지 궁금하네요." 할머니의 가방은 요술상자였다.

2007년 지하철 에피소드 공모전에서는 한 남자아이가 열차 안에서 쉬가 마렵다고 조르자 엄마가 망설이다가 자신의 신발을 벗어 볼일을 해결해 주고 엄마는 결국 한쪽 신발만 신고 하차하는 모습을 적은 내용이 있었다. 재치 있는 엄마의 행동에 많은 사람들이 칭찬을 아끼지 않았다.

엄마가 신발을 벗어 아이의 볼일도 해결하고 공공질서를 지켜 많은 사람을 즐겁게 했다면, 할머니는 철저한 준비성으로 많은 사람을 편안하게 해 주었다.

할머니도 아이의 엄마도 지하철이라는 공공장소에서 어떻게 질서를 유지하고 사용해야 하는지 행동으로 보여 주었다.

수도권 전철이 계속 확장되면서 티켓 한 장으로 아산이나 춘천까지도 갈 수 있게 됐다. 그러다보니 장거리 손님들은 아예 자리에 눕거나 신발을 벗고 앉아 주위의 눈살을 찌푸리게 하고, 심지어는 대낮부터 벌겋게 취기가 오른 얼굴로 주변사람들을 불편하게 하는 경우를 심심찮게 보게 된다.

우리나라 지하철은 시설면에서나 운영면에서 선진국에 내놔도 손색이 없다. 여기에 이용객들의 질서의식과 타인에 대한 배려가 뒷받침되면 금상첨화다.

언제 어떻게 할지 모르는 어린아이를 데리고 전동차를 탈 때는 아이도 배려하고 주변사람도 배려해야 한다. 그만큼 준비를 철저히 해야 한다는 말이다. 주변에서 이런 아름답고 모범적인 모습을 더 많이 볼 수 있기를 기대해 본다.

너무 다른 지하철 독서 문화

이웃나라 일본이나 영국, 프랑스의 지하철을 견학하면서 우리나라와의 차이점이 뭐냐고 한다면, 승강장이나 열차 내에서 조용히 책이나 신문을 읽는 승객들의 모습을 꼽고 싶다.

우리나라는 지하철에서 책을 보는 승객은 한 칸에 다섯 명 남짓하고 신문을 보는 승객도 후하게 어림잡아 그 정도다. 반은 자거나 졸고 있고, 반은 멀뚱멀뚱 다른 곳을 쳐다보는 식이다. 서울지하철 2호선은 주변에 대학이 많아서 그런지 책 읽는 사람이 곧잘 눈에 띄지만, 경인선으로 바꿔 타면 책 읽는 고객이 확 줄어든다. 대구, 광주, 부산 등 지방으로 가면 그런 고객은 더욱 보기 드물다.

외국의 지하철을 이용하면서 조용히 책을 읽은 그들의 모습을 보고 넉넉함과 평화로움을 느꼈다면 과장일까?

가끔 대합실이나 전동차 안에서 학생들이 노닥거리거나 모바일 장난을 하며 시간을 허비하는 것을 종종 본다. 어른들도 대부분 눈을 감고 있거나 눈을 뜨고 있어도 시선을 어디에 두어야 할지 모르겠다는 모습으로 시간을 낭비하고 있다.

2002년 문화관광부 발표를 보면, 우리나라 성인 10명 가운데 3명은 일년에 단 한 권도 읽지 않으며, 영상매체 접촉시간은 하루 2시간이 넘지만 책 읽는 시간은 30분에 불과하다고 한다. 2006년에는 성인들은 한 달에 평균 한 권의 책을 읽지만 초·중·고 학생들의 독서량은 갈수록 줄어들고 있고, 주5일 근무제 등 많은 사회적 변화가 있었지만 독서시간의 변화는 없다고 한다.

인천메트로는 역 공간을 활용하여 도서대에 다양한 책을 꽂아 두고 고객들이 언제든 편안하게 읽을 수 있도록 해 왔다. 그래서 가끔 대합실을 지날 때 옹기종기 앉아 책 읽는 모습을 보면 뿌듯하고 넉넉해 보이곤 했는데, 여전히 열차를 기다리면서 또는 열차 내에서 책을 읽는 승객을 만나기란 쉽지 않다.

책을 읽지 않는 이유는 잡상인들의 외침과 여기저기서 울려대는 휴대전화 소리가 시끄럽다, 안내방송이 귀에 거슬린다, 금방 내린다, 조명이 어둡다, 흔들리는 열차에서 책을 보면 눈이

나빠진다 등 정말 가지가지다. 일리 있는 지적들이지만 나는 지하철을 이용하는 사람들이 책을 읽지 않는 이유는 단 하나, 그들의 손에 읽을 책이 없는 것이라고 생각한다.

2007년 우리나라를 방문한 미래학자 앨빈 토플러 박사는 청소년들과의 대화에서 '독서에 미래가 있다'며 독서를 강조했다. 책 속에 진리와 미래가 있다는 평범한 진리를 재확인시켜 준 토플러 박사는 영상문화가 압도하고 변화와 속도가 강조될수록 독서와 사색이 빛을 더 발휘한다며 특히 청소년들의 독서를 강조했다.

독서를 하지 않는 국가는 선진국가가 될 수 없다. 최근 인천시는 '책 읽는 도시'를 만들겠다고 선언했고, 인천메트로는 '독서경영'을 선포했다. 경인교대입구역에는 전국 지하철역 최초로 'IT도서관'도 들어섰다.

지하철처럼 편안하고 안전한 대중교통수단은 독서를 하며 시간을 유용하게 사용할 수 있는 큰 장점이 있다.

우리나라에도 '수불석권(手不釋卷 : 손에서 책을 놓지 않는다)'이라는 좋은 말이 있다. 지하철을 이용하는 사람들이 목적지까지 안전하게 이동하면서 독서를 통해 자신을 살찌우는 일석이조(一石二鳥)의 유용한 시간을 갖기를 기대한다.

유실물인지 쓰레기인지

언제부턴가 일선 학교뿐 아니라 관공서의 높은 담을 허물어 개방형으로 꾸미는 사업이 큰 호응을 얻고 있다. 그런데 최근 한 고등학교 행정실에서 만난 선생님으로부터 담장을 허무는 것과 관련한 안타까운 얘기를 듣게 되었다.

"처음 학교의 담을 허물자는 취지는 정말 좋은 것이었다. 그래서 많은 학교가 담을 허물고 꽃과 나무를 심어 개방형으로 만들었는데, 지금은 다시 담을 쌓으려고 한다."

다시 담을 쌓으려는 이유는 학생들의 쾌적한 교육환경 조성이 아니라 인근 주민들의 쓰레기 무단투기 때문이라고 한다. 아침이면 학교 주변에 버려진 쓰레기를 치우는 것이 일상이 되었다는 선생님의 대답은 많은 생각을 하게 했다.

사실 역 대합실이나 사람들이 붐비는 승강장도 쓰레기 투기의 사각지대다. 주인 잃은 물건처럼 위장해 전동차 선반이나 화장실 또는 승강장에 몰래 버리고 사라지는 사람들 때문에 직원들은 습득한 남의 물건을 함부로 버리지 못하고 유실물센터로 보내는 일을 반복하고 있다. 이렇게 쌓여 있는 물건들을 주인이 찾아갈 리 만무하다.

나도 쓰레기 투기를 종종 목격했다. 한 번은 승강장에서 좀 분주해 보이는 한 아주머니를 발견했다. 가까이에서 보니 아주머니는 쓰레기통 입구가 좁아 답답했는지 겉뚜껑까지 열어놓고 엉킨 전깃줄과 구겨진 가방과 방석, 그리고 작은 가전제품까지 마구 집어넣고 있었다. 아주머니 손에는 백화점 쇼핑백이 들려 있었다.

"아주머니, 여기서 뭐하세요?"

"……."

집 쓰레기였다. 쓰레기 처리비용을 아끼려고 역에 가져와 버리는데, 이 쓰레기를 치우는 비용은 우리 세금이다.

사람들이 지켜보고 있는 가운데 아무 말도 못하던 아주머니는 열차가 들어오자 잽싸게 몸을 날려 전동차 안으로 들어가 버렸다. 그 자리를 얼른 피해 보겠다는 심산인 듯했다.

이런 공공장소에서의 쓰레기 투기는 사람이 있건 없건 때와 장소를 가리지 않는다. 덩치가 큰 가전제품뿐만 아니라 살아 있는 강아지까지도 비닐봉지에 담아 몰래 버리고 가는 사람도 있다.

거슬러 올라가 보면 역 쓰레기통도 참 우여곡절이 많았다. 2004년 스페인 열차테러와 청량리역 폭발사고가 있은 후 서울 지하철은 쓰레기통을 모두 치웠다가 5개월 만에 다시 설치했고, 2005년 8월에도 불특정 테러와 각종 사고 위험에 대비한다며 쓰레기통을 모두 치워 버렸다. 그러자 승객들이 불편을 호소하여 쓰레기통은 다시 승객들 곁으로 돌아왔다.

쓰레기통이 승객 입장에서는 꼭 필요한 것이지만 운영자 입장에서는 얼마나 골칫거리인지 알 수 있다. 단순히 쓰레기를 버린다면 아무 문제가 없는데, 유실물로 포장된 쓰레기 투기가 끊이지 않고 때론 위험한 일들이 이곳에서 발생한다는 것이 문제였다. 특히 인적이 드문 종점 역 외부 출입구에는 '버려진 양심'들이 수두룩하다.

쓰레기 무단투기 때문에 낮추었던 학교 담을 다시 높이고, 많은 비용을 들여 여기저기 감시카메라를 설치하는 것은 우리 의식 수준을 잘 보여 줄 뿐 아니라 큰 행정낭비다. 또 일부 승객들의 빗나간 공중의식은 선진도시로 발전하는 것을 더디게 하고 있다. 선진도시, 깨끗한 도시는 저절로 만들어지는 것이 아니다. 역 쓰레기통이 양심불량통이 아니라 승객들에게 진짜 필요한 쓰레기통으로 존재하길 바란다.

지하철 점검에 앞서 안전 결의를 하고 있는 모습

지하철에서 휴대할 수 없는 것들

2007년 1월 안산역. 직원의 신고로 수사가 시작된 토막살인 사건은 전 국민을 경악하게 만들었다. 당시 안산역 직원은 승강장에서 전동차를 기다리는 한 남자의 여행용 가방에서 피가 떨어지는 것을 발견하고 그를 밖으로 내보냈다. 그리고 한 시간 뒤 화장실에서 그가 들고 있던 가방이 발견되었다.

시신을 유기한 장소가 사람들로 붐비는 지하철역 화장실이었다는 사실은 우리를 매우 긴장시키는 뉴스가 아닐 수 없었다.

어느 해 여름이었다. 20대 여성 승객이 무거워 보이는 검은 봉지를 들고 인천터미널역에 왔다. 그녀는 승차권을 구입한 후 게이트를 통과해 승강장으로 내려갔다. 바로 그때 승강장에 서 있던 승객 두 명이 역무실로 뛰어와 "어떤 여자가 들고 있는 검은 봉지에서 피가 뚝뚝 떨어진다. 아무래도 수상하니 빨리 확인해 달라"고 외쳤다.

급히 직원과 함께 달려가 보니 정말 승강장 바닥에 피가 떨어지고 있는 검은 봉지를 들고 그런 사실을 아는지 모르는지 태연하게 그녀가 서 있었다. "피가 떨어지는 봉지를 들고 지하철을 탈 수 없다. 내용물을 확인해야 하니 역무실로 가자"고 하자, 처음엔 승차권을 보여 주며 "참견하지 말라"고 단호하게 거절했다. 하지만 주변 승객들을 의식한 듯 마지못한 표정으로 역무실로 따라왔다.

직원들마다 그 봉지 속에 무엇이 들어 있는지 갖가지 상상을 하며 선뜻 나서서 내용물을 확인하려 하지 않았다. 잠시 후 봉지 속에서 나온 것은 이제 막 도살된 보신탕용 고깃덩이였다. 긴장했던 직원들은 안도하면서 허술한 봉지를 겹겹으로 다시 포장해서 보내 주었다.

그녀가 나가자 한 직원은 "저는 봉지 안에 갓난아기가 들어 있는 줄 알았어요"라며 한 번 더 몸서리쳤지만 그럴 수도 있겠다며 수긍했다. 직원과 함께 승강장과 계단에 떨어진 핏자국을 말끔히 닦고 난 후부터는 손님들이 들고 있는 검은 봉지나 휴대품을 유심히 관찰하는 버릇이 생겼다.

한 번은 여자 화장실 휴지통에 이상한 물건이 있다는 신고가 들어왔다. 이번에도 이상한 물건은 검은 봉지에 담겨 있었다. 지난번과 다른 점은 검은 봉지에서 피가 흘러나오는 것이 아니고 내용물이 아주 조금씩 움직인다는 것이었다. 그래서 직원들 모두 다시 한 번 기겁을 했다.

떨리는 손으로 조심스럽게 펼쳐 본 봉지 안에는 주인에게 버림받은 강아지 한 마리가 가쁜숨을 쉬고 있었다. 강아지를 좋아하고 잘 다루는 직원이 나서서 사람을 경계하며 으르렁거리는 강아지의 주둥이를 붙들고 목욕도 시키고 먹을 것도 주었다.

강아지는 언제 그랬냐는 듯 기운을 차리더니 직원들을 따라다니며 재롱을 부리기 시작했다. 검은 봉지 속에서 죽어가던 강아지는 그렇게 다시 살아났지만 지하철 유실물센터로 넘겨졌고 곧 유기견보호소로 보내졌다.

말레이시아에 갔을 때 타 본 전동차 내부에 '지하철 이용시 금지하는 것'들을 외국인이나 어린아이도 알아보기 쉽게 포스터로 제작하여 붙여 놓은 것을 보았다. 화기물, 음료수, 껌, 냄새나는 열대과일, 개, 자전거, MP3 같은 소리 나는 기기, 롤러브레이드, 애정행각을 금지하고 있었다. 말레이시아 사람들은 전동차 내에서 이 포스터의 지시를 따르듯 매너를 잘 지키고 있다고 생각했다.

우리나라 수도권 전철이나 지하철 이용 시 휴대할 수 없는 물품들 역시 있다. 사체는 물론 위험한 화학물품, 인도견을 제외

한 동물, 불결하거나 악취가 나는 물건, 파손이 우려되는 물건, 부피가 큰 물건, 타인을 위험하게 하거나 불편을 줄 수 있는 물건들이다. 구체적이 아니라고 지적하겠지만 자신의 소지품을 보면 스스로 판단할 수 있을 것이다.

여전히 금지 휴대품을 들고 지하철을 타겠다고 실랑이를 벌이는 사람이 있고, 한때 유행한 개똥녀처럼 전동차 안에서 남의 불편은 아랑곳하지 않고 애완견을 더 챙기는 사람도 있다. 다른 사람에게 들릴 정도로 시끄러운 음악을 듣거나 큰 소리로 전화를 하는 사람도 있고, 또 살아 있는 강아지를 포함해 부피가 큰 집 쓰레기를 가져와 버리고 가는 사람도 있다.

휴대품만으로도 많은 사람들이 애용하는 지하철을 편안하게 만들 수 있는데….

타인을 배려하는 20초의 여유

30대 신씨는 부평삼거리역에서 지하철을 탔다. 공휴일인데도 열차 안은 붐볐고 젊은 남녀들이 많이 앉아 있었다. 다음 역에서 60대 후반쯤 되는 할머니가 무거운 짐을 들고 열차 안에 들어섰다. 보행이 불편하고 기력도 없어 보이는 할머니는 빈자리를 찾아 두리번거렸지만 앉아 있는 사람들은 할머니를 못 보았는지 모른 체하는지 자리를 양보할 기색이 없어 보였다.

고개를 숙이고 책 읽는 사람, 눈을 감고 MP3 플레이어를 듣는 사람, PMP 삼매경에 빠진 사람, 주변을 아랑곳하지 않고 친구들과 잡담하는 사람, 거기에 노약자석에 버젓이 앉아 있는 중년 남자와 여성들.

그들의 모습에서는 목적지까지 편히 가겠다는 일념만 보이고 양보와 배려는 찾아볼 수 없었다. 할머니는 체념한 듯 한쪽 귀퉁이에 자리를 잡고 섰다. 그때 바람처럼 구세주가 나타났다. 그는 우리말이 서툰 동남아 청년이었다.

"여기에 안쯔으세요."

예상치 못한 한 외국인의 자리 양보에 할머니는 무척 고마웠는지 몇번이고 눈인사를 건넸다.

또 다른 40대 한씨. 그는 두어 달 전부터 인천에서 삼각지역으로 출퇴근을 하고 있다. 여유롭게 책을 읽으며 전철 출퇴근을 즐기던 그는 지하철에서 타인에 대한 배려가 너무 부족하다며 자신이 직접 관찰하고 연구한 자료를 보여 주었다.

아침 출근시간대 복잡한 전철 안에서 이 칸 저 칸 분주히 오가는 사람들이 많은데 이들의 90%는 젊은 여성이라고 한다. 그들이 왔다갔다하는 이유는 조금이라도 빨리 하차하기 위해서인데, 하차역 출구나 환승통로와 가까운 칸으로 가기 위해 10량이나 되는 긴 열차 내부를 이동하고 있는 것이다. 인천지하철의 경우 열차 10량의 길이는 180m다.

실제 인터넷에는 지하철을 빨리 환승하는 방법이 떠다닌다. 예를 들면 '용산행 국철에서 2호선을 갈아타려면 앞에서 4번째 칸 3번째 문으로, 부평행 국철에서 2호선으로 갈아타려면 뒤에서 5번째 칸 4번째 문으로' 이런 것들이다.

이런 모습을 매일 보다가 한씨는 자신이 타고 있던 칸에서 하차하여 환승 연결통로까지 걸어가 보고, 또 사람들 사이를 비집고 열차 안에서 미리 이동한 후 하차도 해 보았다. 그 차이는 20초 미만이었다. 20초 때문에 아침마다 열차 안에 서 있는 승객들을 불쾌하게 하는 사람들의 조급함을 성토했다.

그는 또 열차 내에서 큰 소리로 얘기하거나 전화 통화하는 승객들이 줄어들지 않는다고 했다. 두어 달가량 전철로 출퇴근하면서 어지간히 불쾌했던 모양이다.

우리나라보다 경제적으로 어려운 동남아 청년이 어른에게 공경심을 먼저 보인 것 역시 우리의 배려문화를 되돌아보게 한다. 노약자석을 지정하고 양보하자는 좋은 표어를 여기저기 붙이면 뭘 하나, 실천하지 않으면 아무 의미가 없는 것을.

고품격, 고품위 지하철로 거듭나기 위해 타인에 대한 배려와 20초의 여유가 필요하다. 신씨나 한씨처럼 타인에게 불편을 주는 행동이 사라지길 바라는 사람들이 늘고 있다는 것은 품격 있는 지하철 문화를 만드는 것이 매우 희망적이라고 생각한다.

한국은 지하철역 화장실의 천국

유럽 국가에 연수를 갔을 때 독일에서 있었던 일이다. 우리 일행은 그날 일정을 마치고 꽤 큰 기차역 근처에 모였는데, 나는 급히 화장실을 가야 했다. 번화가였지만 정작 화장실이 눈에 띄지 않아 기차역을 향해 무작정 뛰었다.

복잡하고 넓은 기차역 안에서 겨우 화장실을 찾았으나 안으로 들어갈 수가 없었다. 동전을 넣어야 열리는 출입문이 입구를 가로막고 있었다. 나는 처음으로 돈을 넣어야 열리는 화상실 줄입문을 보고 당황했지만 한편으로는 신기했다.

외국 연수 초보인 나는 화장실 출입문 옆에 있는 동전교환기를 미처 보지 못하고 밖으로 나와 역 구내 가게를 돌며 동전을 바꿔 달라고 사정했는데 모두 외면했다. 아마도 나와 같은 사람이 꽤나 많은 모양이다.

작은 매점에서 물건을 하나 사고 거스름돈을 받아 겨우 화장실에 들어갔다. 독일에서는 동전이 없거나 말이 안 통하는 사람은 꼼짝없이 화장실 입구에서 볼일 보겠다 싶은 걱정과, 동전을 바꿔 주지 않은 독일 사람들에 대한 원망으로 화장실에 대한 공포가 생길 지경이었다. 공짜로 아무 때나 어디서나 공중화장실을 이용할 수 있는 우리나라는 정말 좋은 나라다.

1863년 세계 최초로 영국에서 개통된 여객용 지하철도는 증기기관차였다. 객실 천장이 없는 마치 트럭 짐칸을 이어 놓은 모양이었는데, 당시 자료사진을 보면 좌석도 없고 짐칸 같은 지하철이지만 검은 중절모에 정장을 입은 전형적인 영국신사들이 빼곡히 타고 있다.

도심 교통난 해소를 위해 그 후 활발하게 지하철을 건설한 영국은 2차 세계대전 중 1940년 런던대공습이 발발하자 교통당국의 반대에도 불구하고 지하철역은 임시 방공대피소 역할을 하기 시작했고, 그때서야 비로소 지하에 임시 숙소와 화장실 등이 설치되기 시작했다. 나는 이것이 지하철역에 공중화장실이 생기게 된 이유라고 생각한다.

그러니까 그 이전에 건설된 런던 지하철역에는 화장실이 없는 곳이 많다. 거기서 화장실을 찾겠다고 애쓰는 것은 헛수고일

뿐이다. 영국을 포함해 유럽을 다니면서 우리나라처럼 지하철역에서 쉽게, 그것도 무료로 화장실을 이용할 수 있다는 생각은 버려야 한다. 스페인의 공원에는 여자 화장실이 없는 곳이 많고 프랑스, 스웨덴 등 서유럽이나 동유럽 국가들의 공중화장실은 대부분 유료다.

우리나라는 어떤가. 예술작품처럼 지어진 아름다운 화장실도, 청소도우미가 지켜 서서 시간마다 향수를 뿌려대는 깨끗한 화장실도, 수도권 전철 지하철역의 수많은 화장실이 모두 무료다.

우리나라 최초로 지상을 달리던 경인선과 달리 수도권 지하철은 새로운 노선이 건설될 때마다 늘어나는 이용객을 수용하고 또한 기존 지하철역과 환승하기 위해 구조적으로 점점 더 깊이 더 넓게 역사(驛舍)를 건설했다. 따라서 지상역과 지하철역을 단순 비교해도 지하철역 화장실을 이용하는 것이 더 힘들다는 것은 자명하다.

이런저런 구조적 이유로 지하철역 화장실 이용이 불편하다고 호소하는 사람들이 많지만, 나는 한국의 지하철역 화장실을 이용할 때마다 감사함을 느낀다. 고객을 위해 화장실을 경쟁하듯 깨끗하게 관리하고, 무엇보다도 무료라는 점, 또 늦은 밤이나 이른 새벽까지 언제나 이용할 수 있기 때문이다.

불만이나 만족은 상대적 개념이다. 불편함을 체험하고 돌아오니 우리나라 화장실 문화에 매우 후한 점수를 주게 된다.

엄마의 지혜

짧은 거리를 간다 하더라도 어린아이와 함께 지하철을 이용할 때 엄마들은 종종 예기치 않은 상황을 만나게 된다. 30분 이상 전동차를 타야 한다면 더욱 그럴 것이다.

1호선에서 있었던 일이다. 역곡역에서 어린아이의 손을 잡고 한 엄마가 용산행 급행열차에 올랐다. 아이와 엄마는 니트와 모자, 그리고 청바지와 부츠까지 커플로 입어 눈에 띄었다.

그런데 열차가 출발하자마자 아이가 "엄마, 쉬 마려워" 하며 발을 구르기 시작했다. 다음 역은 10분 후에 도착하는 구로역이었다. 엄마는 당황해 하며 어찌해야 할지 잠시 생각하는 듯했다. 아이가 큰 소리를 내며 소란을 피우는 건 아니었지만 발을 동동 구르는 모습이 안타까운 듯 전동차 안에 있는 사람들의 시선이 자연스레 집중됐다.

한 아주머니는 "애들은 소변 마렵다는 말을 저렇게 급하게 한다니까" 하고, 다른 분은 "다음 역까진 아직 멀었는데" 하며 함께 걱정을 했다. 잠시 후 아이는 더 이상 참을 수 없다는 듯 엄마의 팔을 잡고 콩콩 뛰기 시작했다. 엄마도, 주변 사람들도 안타까운 심정으로 이 광경을 주시하고 있었다. 이 위기 상황을 엄마는 어떻게 헤쳐 나갈 것인가.

순간 엄마는 결단을 내린 듯 자신이 신고 있던 부츠를 급히 벗더니 아이의 바지와 팬티를 벗기고 부츠를 아이 다리 사이에 갖다 댔다. 아이는 소변이 급했지만 엄마의 부츠에 소변을 보는 것이 더 이상했는지 엄마를 한 번 쳐다보더니 이내 시원하게 볼 일을 보았다.

그 모습을 지켜본 주위 사람들의 놀라움과 감탄, 안도감이 교차했다. 그때 '앞 열차 때문에 열차가 잠시 정차한다'는 안내방송이 흘러나왔다. 사람들은 "아이가 소변을 참았다면 실수할 뻔했다"며 아기 엄마에게 잘했다고 칭찬을 했다. 아이는 아무 일도 없었다는 듯 명랑한 표정으로 돌아왔다. 엄마의 노움으로 옷을 단정히 정리한 아이는 엄마 손을 잡고 구로역에서 내렸다. 엄마의 한쪽 발에는 신발이 없었지만 아이는 신나게 걸어갔다. 두 사람의 뒷모습은 행복해 보였다.

발에 있어야 할 부츠를 손에 들고 걸어가는 엄마의 모습을 보고 사람들은 영문을 몰라 쳐다보겠지만, 현명한 엄마는 주어진 상황에서 아이도 위하고 누구에게도 피해를 주지 않는 멋진 선택을 했다. 아이 엄마가 한쪽 부츠 없이 집에 가야 하는 불편함과 부끄러움을 감내함으로써 아이는 옷을 버리지 않았고 많은 사람들이 전동차 안에 남겨진 소변자국과 냄새 때문에 불쾌하지 않을 수 있었다.

이 사례는 Am7이 주관한 지하철 전철 에피소드 공모전 당선작 내용이다. 종종 우리는 에스컬레이터에서 뛰거나 장난하는 아이들을 본다. 또 전동차 안에서 앉을 자리가 없다고 투정하거나 떠들고 신발을 신은 채 의자에 올라갔다 내려왔다 하며 옆사람을 불편하게 하는 아이들도 본다.

아이들의 행동은 그렇다 치더라도 아이들이 흘린 음료수나 과자 등 뒤처리를 하지 않고 내리거나 전동차 바닥에 그냥 소변을 보게 하는 부모도 드물지만 있다. 급해서 어쩔 수 없었다 하더라도 주변 사람들은 그런 모습에 말을 하지 않는다.

요즘 엄마들은 자녀들에게 지하철 같은 곳에서 지켜야 한 예절을 가르치고 있을까. '하지 마라, 해라' 등 백 마디의 말보다 자신의 신발을 벗어 아이 소변을 받아낸 엄마는 따끔한 야단 한마디 없이 공공질서에 대한 본보기를 보여 주었다.

아이들에게 올바른 지하철 이용 방법을 알려 주는 것은 매우 훌륭한 안전교육이자 에티켓 교육이다. 현재 많은 역에서 어린이들을 대상으로 안전 및 예절교육을 하고 있다. 에스컬레이터 안전하게 이용하는 방법은 물론 줄을 서서 차례를 지키며 타고 내리는 승하차 요령도 알려 주고, 승강장 노란 안전선의 의미도 설명해 준다. 그리고 전동차를 타고 함께 이동하며 경로석에 대한 설명과 안전요령에 대해서도 가르쳐 준다.

어머니의 입장에서 보면 이런 지하철 교육에 참여하려는 어린이가 늘고 있다는 소식이 반갑기만 하다. '세 살 버릇 여든까지 간다'는 말이 있다. 언제 어디서고 부모가 행동으로 보여 주는 교육이 요즘 아이들에게 필요한 산교육이 아닌가.

휴대전화 문화를 다시 생각해 본다

나는 휴대전화에서 울리는 알람소리와 함께 기상한다. 그리고 휴대전화 키를 눌러 하루 스케줄과 기념일을 관리하고, 문자 메시지를 이용해 약속을 하거나 급한 소식을 듣고 전한다. 이제 휴대전화는 필수품이다.

요즘 사람들은 열차가 조금만 지연돼도 혹시나 하는 마음으로 휴대전화부터 꺼낸다. 이제 지하철이나 버스에서 휴대전화를 만지작거리거나 벨이 울리는 건 애교 수준이 됐다.

하지만 벨이 한참 울리는 데도 '누구 전화인가' 하고 무심한 사람, 옆 사람 경기할 만큼 큰 소리로 통화하는 사람, 끊임없는 잡담으로 언제 통화가 끝날지 모를 사람, 옆 사람이 들을 정도로 볼륨을 올려 음악을 듣는 사람…. 이들은 문명의 기기를 흉기로 만드는 사람들이다.

한 아주머니는 예의를 지킨다고 손으로 입을 가리긴 했지만 목소리는 쩌렁쩌렁 울렸다. 주문한 물건을 배달해 달라며 집주소와 전화번호를 알려 주는데, 주위 사람들의 표정이 일그러졌다. 휴대전화 사용이 이 정도면 도를 넘어 공해라고 할 수 있다.

미국에서는 공공장소에서 휴대전화로 떠드는 사람을 막기 위해 휴대전화 전파방해장치를 사용하는 사람이 늘고 있다고 한다. 휴대전화 사용자는 통화권리가 소음을 듣기 싫어하는 주변 사람들의 권리보다 위에 있다고 생각하지만, 전파방해장치를 사용하는 사람들은 자신들의 권리가 더 중요하다고 생각하고 있기 때문이다.

그러나 전파방해장치는 시끄럽게 떠드는 사람뿐 아니라 조심스럽게 긴급통화를 해야 하는 사람들까지 통화를 못하게 하므로 현재는 불법이다. 그런데도 이 장치를 사용하는 사람이 늘고 있다는 소식은 휴대전화 소음 문제를 되돌아보게 한다.

일본에서는 지하철을 타면 휴대전화가 무용지물이다. 지하철이 달리는 동안 휴대전화 전파가 연결되지 않아 전화를 거는 것도 받는 것도, 문자메시지를 보내는 것도 불가능하다. 달리는 지하철 안에서 전파가 연결되지 않는 이유는 여러 가지가 있겠지만 가장 중요한 것은 심장맥박조정기를 착용한 손님들에 대한 배려라고 한다. 휴대전화는 전원이 켜져 있기만 해도 전자파가 나와 휴대전화로부터 20cm 이내에서는 심장맥박조정기가 오작동을 일으킬 우려가 있다.

또 심장맥박조정기를 착용하는 사람은 대부분 고령자이지만 최근 회사원 등 젊은 사람들의 착용도 늘어나 붐비는 통근시간에 고통을 호소하는 사람이 많다. 그래서 전철을 타면 다른 사람들에게 폐를 끼칠 수 있으니 휴대전화 사용을 삼가 달라는 안내방송을 하고 있다. 생명과 연관된 것이기에 최대한 배려를 해야 한다는 것이다.

휴대전화라는 새로운 기계가 우리 생활을 편리하게 해 준 것은 틀림없지만, 한편으로는 반드시 지켜야 하는 또 하나의 공중매너(여러 사람이 함께 이용하는 지하철과 버스 안처럼 밀폐된 공간에서 그것도 당장 처리해야 할 중요 업무가 아닌 시시콜콜한 일상 이야기를 해야만 하는지, 모든 사람들이 그 이야기를 들으며 왜 괴로워해야 하는지에 대한)를 만들어 내고 있다.

타인을 위해 휴대전화 사용을 잠시 자제하는 행동은 누구나 실천할 수 있는 일이다. 배려하는 마음만 있으면 가능하다.

영국에 가 있는 딸이 런던 전철 안에서 나의 전화를 받고 들릴 듯 말 듯 속삭이던 말이 생각난다.

"엄마! 여기 전철 안이라서 너무 조용해요. 이따가 다시 전화 주세요."

지하철 구걸행위, 이제 그만

"바쁜 아침 출근길, 지하철 입구에서 한 젊은 여성이 쭈뼛쭈뼛 다가오더니 5천 원이나 만 원만 달라고 했어요. 그런데 그곳이 승차권을 사는 곳이 아니고 또 달라는 액수도 불분명해서 왠지 속는다는 느낌이 들어 그냥 무시하고 지나쳐 버렸어요.

그런데 이상하게도 자꾸 그 여성이 생각나서 하루 종일 마음이 편치 않았어요. 상습범이 아니라 정말 돈이 필요했던 건 아니지, 그냥 5천 원이라도 주고 올 길 하고 후회했어요.

나도 30여 년 전 고교시절에 돈이 한푼도 없는데 갑자기 급한 일이 생겨 어쩔 수 없이 버스터미널에서 한 신사에게 다가가 차비가 필요하다고 손을 벌린 적이 있거든요. 그때 그 신사분은 나를 물끄러미 쳐다본 후 아무 말 없이 돈을 주었는데 얼마나 고마웠는지 몰라요. 그 생각을 하니 오늘 내게 구걸하던 여성을 외면한 것이 자꾸 마음에 걸리네요."

지인 B씨가 털어놓은 이야기다. 그는 오랫동안 서울과 인천을 오가며 본의 아니게 마주쳤던 수많은 지하철 구걸자들 때문에 진정으로 도움이 필요한 사람들조차도 외면하게 된 것 같다고 말했다.

솔직히 전동차 안에서 장애인, 노약자, 어린 아동이 찬송가나 가요를 틀고 지나가거나, 쪽지나 껌을 돌리고, 아니면 무조건 손을 내밀어 구걸행위를 하면서 가까이 올 때 부담을 느끼지 않는 승객이 몇이나 될까.

출퇴근 시간이 아닌 한가한 시간엔 이런저런 잡상인이나 구걸하는 사람들이 더 많아져 1시간 30여 분 동안 어림잡아 대여섯 명은 마주친다. 한 노숙자는 지하철역에서 구걸에 응하지 않은 50대 여성을 따라가 승강장에서 밀어 선로에 떨어지는 사건이 있었다.

사실 홈리스들은 세계 여러 나라를 가도 지하철역 근처에서 쉽게 볼 수 있다. 그러나 내가 여행길에 타본 홍콩 지하철이나 일본 지하철에는 구걸자가 없었다. 구걸조차도 공공질서를 지키는 것으로 보이는 일본 사회와 아무 곳에서나 공공연한 구걸행위로 지치게 하는 한국 사회를 돌아보게 된다.

2008 베이징올림픽을 앞두고 중국 베이징에서 외국인 관광객이 거지에게 쫓기다 기절한 일이 보도된 적이 있다. 중국 당국은 도심 구걸행위가 더욱 확산될 것을 우려하며 재빨리 행동요령을 제시했다.

구걸자를 만났을 때 ◉ 어느 한 명에게도 돈을 주지 말 것(그렇지 않으면 더 많은 구걸자가 출현함) ◉ 구걸자를 위협하거나 도망가지 말 것 ◉ 호되게 꾸짖어 떠나게 할 것 ◉ 구걸자에게 상해를 입혀 약값을 무는 일이 없도록 할 것 ◉ 실랑이하는 사이 지갑이나 주머니를 조심할 것 등이다.

일상처럼 마주치는 지하철 구걸자들 때문에 이들을 외면하려는 사람들이 많아져 정말로 도움이 필요한 사람조차 외면하는 건 아닌지 모르겠다.

노약자석, 그 빈자리의 유혹

컴퓨터 A/S일을 하는 30대인 김씨는 다음 방문지로 가기 위해 지하철을 탔다. 목적지까지는 한 정거장만 이동하면 되었지만 비어 있는 노약자석을 보는 순간 피곤한 몸을 던져 그냥 앉아 버렸다.

그런데 불행히도 김씨 바로 뒤에 할머니 한 분이 전동차에 올라 하필이면 그의 앞에 섰다. 그때부터 김씨는 2분여 동안 짧지만 길고 긴 마음고생을 했다. 경로석에 앉아 자기 앞에 서 있는 할머니를 외면하고 마음속으로 초조하게 '딱 2분만'을 외치며 버티던 김씨는 편하게 가려던 것과 달리 몸과 마음이 더 지쳐 버렸다.

이미 맞은편에 앉은 다른 사람이 할머니에게 자리를 양보하는 바람에 타이밍을 놓치고 노약자석에 그대로 앉아 있다가 다음 정거장에서 죄인처럼 고개를 숙인 채 내렸다.

김씨는 그날 노약자석에 앉아 있는 2분 동안 자신을 짓누른 양심의 무게가 너무 무거웠다며 다시는 앉지 않겠다고 했다.

직장을 정년퇴임한 60세의 이씨. 그는 퇴직은 했지만 법에서 인정하는 65세가 안 된 새내기 노인이다. 마음은 청춘인데 전동차에 오르면 여기저기서 자리를 양보하려는 사람들이 있어 미안한 마음이 든다. 자신이 지하철을 타는 순간 남을 불편하게 한다는 생각이 들었다. 때론 자리를 양보해 주면 모른 척하고 앉아갈까 생각해 봤지만 아직은 어색하다. 그래서 이씨는 노약자석에서 가능한 먼 곳에 자리를 잡으려 애쓴다. 이씨의 바람은 여성 전용칸이 아닌 중년 전용칸이 늘었으면 하는 것이다.

피곤한 몸으로 지하철에 올랐을 때 노약자석이든 아니든 빈자리를 발견하면 횡재한 기분이 드는 건 마찬가지다. 빈자리가 노약자석이라면 갈등을 좀 느끼겠지만 그래도 빈자리의 유혹을 뿌리치기는 쉽지 않을 것이다.

그래서 젊은이들 사이에 인기 있는 인터넷 사이트에는 지하철에서 자리를 빨리 잡는 요령이나 한 번 앉은 좌석을 양보하지 않고 끝까지 가는 방법까지 올라 있다. 전동차 의자를 없애고 모두 서서 가게 한다면 이런 갈등이 없어질까.

노약자석은 예전엔 경로석으로 불리며 노년층을 위한 좌석으로만 인식되어 왔다. 그러나 최근엔 임신부나 장애인, 환자, 아이를 데리고 있는 어머니도 노약자로 확대 해석하여 가끔 노약자석을 두고 해프닝이 벌어지곤 한다.

세대 갈등은 물론 사회 이슈가 된 전동차 내 노약자석은 한정되어 있지만 노년층은 증가해 이 자리는 늘 부족하다.

한때 서울지하철에서 노약자석을 늘이려고 하자 젊은층들이 인터넷으로 반대서명을 하기도 했다. 노인층에서 반대서명을 그만두라고 호소했지만 주인 없는 지하철 노약자석은 세대 갈등의 논란거리로 등장했다. 이러한 세대 간 갈등 표출은 전동차에서 막무가내로 자리 양보를 강요하는 몇몇 노인들 때문에 마음 상해 있던 젊은층의 반항으로 보인다.

'2분'의 양심에 괴로웠다는 젊은 김씨처럼 다시는 경로석에 앉지 않겠노라는 자발적인 다짐과, 퇴임한 이씨처럼 노인이지만 전동차 좌석은 내 것이 아니라는 여유가 있다면 노약자석을 둘러싼 갈등은 사라질 것 같다.

전동차에서 노인이나 젊은이들 사이에서 발생하는 사건 뉴스는 보는 이의 마음을 씁쓸하게 한다. 동방예의지국이나 장유유서의 정신을 기리는 우리나라 노약자석 운용은 강요된 법이나 제도가 아닌 배려와 교양으로 어우러진 아름다운 자리여야 한다.

척보면 몰라?

역에서 하는 일 중에 쉽게 보이지만 가장 힘든 일이 바로 우대권 교부다. 직원 입장에서 보면 돈 계산할 것도 없고 그저 어르신들이 매표소 앞에 오면 인심 쓰듯 드리면 되지만, 신분증은 제시하지 않고 '나 65세 넘었으니 믿으라'며 우대권을 달라고 떼쓰는 손님들을 만나면 난감하기 때문이다.

규정상 생년월일을 기준으로 만65세가 넘어야 우대권을 받을 자격이 있지만, 직원들 앞에서 나이를 맞춰 보라는 듯 버티면 오만가지 생각이 교차한다. 노련한 직원들은 그들의 말처럼 척보고 우대권을 교부하지만 신입 직원들은 젊어 보이는 어르신에게 신분증을 요구하다가 종종 실랑이를 하곤 한다.

어느 날이다. 한 남자 손님의 화난 목소리가 역무실까지 쩌렁쩌렁 울렸다. 그는 자신의 신분증을 보이며 "부인이 다리가 아파 매표소까지 오기 어려우니 우대권을 두 장 달라"고 했고, 직원은 부인의 신분증을 봐야 한다며 우대권을 한 장만 내주었다. 그러자 그는 사람들이 많은 매표소 앞에서 "역장 나오라고 해!" 하고 소리치기 시작했다. 나는 그 손님을 역무실로 오시라 했다. 이런 일이 어디 한두 번이던가.

"내 말을 못 믿어? 내 신분증을 봐! 척보면 몰라? 젊은 사람들이 왜 이렇게 불친절해!"

역무실에서 손님은 경로우대증, 주민등록증, 보훈증, 면허증, 노인대학증 등을 꺼내 탁자 위에 던지며 자신을 왜 안 믿느냐고 따졌다.

"우리 직원이 손님 신분증을 확인하고 우대권을 드렸잖아요. 손님 것은 드렸고 지금 아주머니 신분증을 보여 달라는 것 아닙니까?"

"사람을 뭘로 보는 거야? 집사람이 다리가 아파서 대신 내가 받으러 온 거야."

똑같은 대화가 이어지고 있었다. 그때 밖에 있던 부인이 역무실 문을 열더니 "아유, 그냥 돈 내고 빨리 갑시다. 그거 몇 푼이나 된다고. 아이고, 다리 아파라, 빨리 가요" 하면서 독촉을 했다.

그러자 손님은 주섬주섬 신분증을 주머니에 넣고 "직원들 교육 좀 똑바로 시켜! 왜 이렇게 불친절해!" 하면서 역무실을 나갔고, 그날 아주머니는 정당하게 승차권을 구입했다.

만65세가 안 된 사람의 우대권을 대신 달라며 벌어진 실랑이였다. 일주일쯤 지나서 그 부부는 거짓말처럼 다시 우리 역을 찾아왔다. 남편은 매표소 앞에 있던 나를 힐끗 쳐다보더니 부인을 향해, "당신, 신분증 또 안 가져왔지? 에이, 그것 좀 잘 챙기라니까. 오늘도 표 사야 되잖아."

며칠 전 내게 항의하던 큰 목소리와는 달리 조용히 눈인사까지 하면서 돈을 내밀었다.

때론 우대권을 받자마자 지하철을 이용하지 않고 밖으로 나가는 분도 있다. 잠시 후 다시 매표소에 와서 우대권을 받아들고 또 밖으로 나간다. 우대권을 들고 밖으로 나가는 어르신에게 "지하철 타실 때 언제라도 드리니까 밖으로 가져가지 마시라" 하니 "이까짓 거 몇 푼이나 된다고 그래! 내가 지하철을 타든 말든 왜 참견이야!" 하며 야단이다.

상황을 잘 모르는 고객들은 직원의 불친절 때문에 어르신이 화가 난 것으로 알고 우리에게 충고하곤 한다. 그 우대권은 어디로 누구에게 흘러 들어가는지 알 수 없다.

이젠 무인매표시대이고 승차권을 일일이 교부하던 시대가 아니다. 자동발매기에서 무임 1회용 교통카드를 정당하게 교부

받아 사용하면 된다.

지금도 지하철이 없는 지역에서는 65세가 넘어도 교통비를 꼬박꼬박 내고 대중교통을 이용하고 있으니, 언제 어디서나 무료로 지하철을 이용할 수 있는 수도권 어르신들은 얼마나 축복인가.

한푼이라도 아끼려는 심정은 이해하지만 시민의 세금으로 적자운행이 보전되는 만큼 국가가 제공하는 우대권을 정당히 주고받았으면 좋겠다.

인성교육, 왜 중요한가

전동차 안에서 학생들이 나누는 대화는 싸움을 하는 것처럼 아슬아슬해 보일 때가 있다. 컴퓨터 세대인 그들은 거리낌 없이 욕설을 장난처럼 하고도 기분 나빠 보이지 않는다. 하지만 방향을 알 수 없는 그 화살이 언제 어디로 날아갈지 불안하다.

예전에 나의 모교에서 강의를 한 적이 있다. 선배들의 다양한 경험이 후배들의 대학 진로 선택에 도움이 될 거라며 학교 측이 제공한 시간이었다. 나는 강의 주제를 '인성'으로 정했다.

"우리가 대중교통이나 공공시설을 이용할 때 지켜야 하는 행동에는 어떤 것이 있을까?"라는 질문에 후배들은 '침 안 뱉기', '자리 양보', '줄서서 타기', '뛰지 않기', '먹을 것 들고 타지 않기', '떠들지 않기' 등 비슷한 의견들을 쏟아냈다.

나는 후배들이 하나씩 의견을 말할 때마다 재미있는 사례를 들어 얘기했다. 공공장소에서 심장박동기를 장착한 사람들을 배려해 휴대전화 사용을 자제해야 한다는 것과 몰카의 대상이 되는 여성들의 미니스커트 사건을 설명하면서 성희롱 예방교육도 곁들였다.

또 여자 화장실에서 치한을 만났을 때 어떻게 대응할 것인지도 알려 주었다. 그리고 전동차 안에서 갑자기 쉬 마렵다고 애태우는 아이를 위해 엄마가 자신의 부츠를 벗어 해결해 주위사람들을 편안하고 즐겁게 해 주었다는 얘기에 후배들은 멋진 엄마라고 칭찬을 했다.

재미없어 보이는 일상생활 이야기에 후배들은 의외로 흥미를 보이며 많은 질문을 쏟아냈다. 그동안 학과 교육에만 매달릴 뿐 주변을 배려하는 에티켓 교육은 없었기 때문이다.

최근 대학에서는 유행처럼 인성교육과정을 개설하고 있다. 대학에서 주도하는 인성교육은 자칫 취업을 위한 수단으로 보일 수 있지만, 10년 넘게 성적 위주의 경쟁만 해 온 학생들에게 인성교육을 실시한다는 것은 분명 반가운 소식이다.

어느 대기업 인사담당자는 "학점도 비슷하고 토익 점수도 비슷하고 봉사활동만으로 뽑을 수는 없는 일이다. 요즘 대학생들은 개인주의 경향이 강해서 채용할 때마다 직접 대화해 보고,

같이 겪어 보며 진짜를 찾는다. 기업이 원하는 것은 인성교육"
이라고 했다.

이젠 정서적·의지적·도덕적인 면을 다 아우르는 인성이 경
쟁력인 시대가 된 것이다. '요즘 아이들 버릇 없다'는 말은 어
제 오늘의 이야기가 아니다.

대중교통은 타인을 배려하는 시험대이자 교육장이다. 교실에
서 말로만 가르치는 교육이 아니라 실천으로 터득하는 인성교
육이 제대로 이루어지길 바란다.

네 살배기 아들이 영국에서 학교 다닐 때 목격한 모습이다.
수업시간 전 좁은 운동장에 유아, 초등, 중등, 고등학생이 함께
뛰어놀고 있었다. 잠시 후 수업종이 울리자 학생들이 한꺼번에
건물 출입구로 몰려왔는데, 누가 시키지 않아도 어린 여학생들
은 앞에 서고 남학생들이 그 뒤에 서서 질서 있게 교실로 입장
하고 있었다.

불문법의 나라 영국은 '예절은 사람을 만든다'는 속담처럼
무례한 지식인보다 예절 바른 무식인을 신뢰한다.

우리의 자화상

종점역 사람들

종점역에 근무하는 직원들은 다른 직원과 달리 매일 해야 하는 일이 더 있다.

먼저 늦은 밤 막차가 도착하면 종점역 직원들은 전동차에 올라 차량 내부를 신속하게 훑어본다. 전동차가 차고로 들어가기 전 차 안에 주인을 잃고 뒹구는 분실물은 없는지, 또 잠들어 있는 사람은 없는지 확인하고 만일 있다면 깨워서 내리게 해야 하기 때문이다.

종점역에 도착했는데도 전동차에 사람이 있다면 십중팔구 술에 취해 잠들어 있는 사람들이다. 직원들은 이들을 전동차 밖으로 내보내는 일이 가장 힘들다고 하소연하지만, 그 일을 마쳐야 하루 일과가 끝난다.

취객 대부분은 안내에 따라 고분고분 역 밖으로 나가지만, 종종 직원과 실랑이를 하다가 때로는 역무실에서 잠을 자는 취객도 있다.

취객들이 역무실에서 잠을 자면 직원들은 잘 수가 없다. 혹시 자다가 무슨 일이 생길까 하여 수시로 들여다보며 웅크린 다리를 펴주기도 하고 물을 달라면 먹여도 준다. 그래도 역무실에서 조용히 자는 취객은 양반이다.

막무가내형은 안내방송을 못 들었다고 책임을 전가하며 돌아갈 택시비를 내놓으라고 떼를 쓰기도 하고, 전동차를 운행하라고 소리치기도 한다. 어떤 이는 자신이 인생 선배라며 직원들을 훈계하기도 하고, 자신의 말을 잘 경청해 주는 직원이 있으면 좋은 말동무가 되어 밤을 새기도 한다. 정말 차비가 없어 보이는 사람은 마음 좋은 직원이 건네는 교통비를 받아 조용히 돌아가기도 한다.

직원들은 말을 잘 따라주는 예의바른 취객을 만나면 행운이라고 한다. 그 말 속에는 종점역 직원들이 남모르게 고군분투하는 애로사항이 담겨 있다.

막차가 떠난 종점역은 이렇게 취객과의 전쟁터다. 내일을 위해 모두 곤히 잠든 늦은 밤, 종점역에는 사연 많은 사람들의 이야기가 아라비안나이트처럼 펼쳐진다.

　막차를 보내야 하루 일과를 마치는 종점역 직원들은 다음날 새벽 첫차를 이용하는 손님을 맞이하기 위해 구석구석 청소를 하고 점검하는 등 분주한 밤을 보낸다.

　고단한 하루를 마치고 막차를 이용하는 사람들을 가장 가까이에서 보고 느끼며 일하는 직원들은 경기가 좋아져서 취객이 줄어들고, 활기차고 환한 얼굴로 찾아오는 손님이 많아지길 희망한다.

잊을 수 없는 잡상인

전동차 안에서 고객들이 원하든 원하지 않든 만나야 하는 사람들이 있다. 설교하는 사람, 호객행위를 하며 물건을 파는 잡상인, 또 생활이 어렵다는 호소문을 돌리며 돈을 요구하는 어린이나 노인이 그들이다.

역장이 되면서 그동안 무심하게 보아넘겼던 열차 내 잡상인들은 나의 단속 대상이 되었다.

인천터미널역에는 1급 장애인 부부가 매점을 운영히고 있엇다. 그들은 거동이 힘든 중증장애인이었는데, 하루하루 수입에 의존해야 하는 처지라며 매우 조바심을 내보이곤 했다. 그러나 그들의 걱정과는 달리 매점 운영이 그럭저럭 잘 되자 부부의 표정은 한층 밝아져 갔다.

언제부터인가 나는 이 매점을 찾는 휠체어를 탄 젊은 남자와 자주 마주쳤고 우리는 서로 인사말을 건네는 사이가 되었다.

젊은 남자는 매점 옆 출입문 밖에 나가 담배를 피우곤 했는데, 그곳에서 그는 지하철을 이용하면서 개선했으면 하는 점이라든가 이곳을 자주 찾아오는 이유 등 개인적인 얘기도 털어놓았다. 그가 바라는 것을 내가 확 바꿔 줄 수는 없었지만 그는 자기 얘기를 들어 주는 것을 무척 고마워했다.

어느 날 회의를 하러 전동차를 타고 다른 역으로 이동하고 있었다. 사람이 붐비지 않은 낮 시간, 멀리 객실 연결문이 열리며 힘겹게 넘어오는 휠체어가 있었다. 그 휠체어에 몸을 실은 장애인은 내가 타고 있는 객실로 넘어오자마자 무릎에 올려놓은 작은 박스에서 껌과 건빵을 꺼내 팔기 시작했다.

순간 나는 '잡상인이네' 하며 단속을 해야겠다고 생각하고 휠체어 앞으로 걸어갔다. 제복을 입고 걸어오는 나를 보고 먼저 놀란 것은 그였다.

그런데 가까이 가서 보니 아, 내가 단속하려 한 잡상인은 인천터미널역에서 만나 서로 인사하고 대화하던 그 젊은 남자였다. 그는 나를 보자마자 황급히 휠체어를 돌려 옆 객실로 다시 가려고 애를 쓰고 있었다.

그 모습을 보고 나 역시 당황하여 잡상인 단속은 뒤로 한 채 못 본 척 지나쳐 옆 객실로 넘어갔다. 사람들이 모두 쳐다보고 있는 전동차 안에서 나를 외면하려 기를 쓰는 그를 단속하는 것이 상처가 될 것 같아 모른 척 지나치긴 했지만 갑자기 머리가 복잡해졌다. 그리고 그가 잡상인이었다는 사실에 화가 났다.

역으로 돌아와 매점 부부에게 그 사람과 어떤 관계인지, 언제부터 그런 일을 했는지 물었다.

"죄송해요. 실은 잘 모르는 사람인데 밥값이라도 벌겠다고 찾아와 짐만 보관해 달래서 그렇게 했어요. 화 많이 나셨지요? 안 그럴게요. 그런데 그 사람 먹고살 걱정이 너무 크던데 어떻게 좀 안 될까요?"

거꾸로 내게 도움을 요청하고 있었다.

"딱한 사정은 알겠지만 잡상인은 안 되는 거 아시잖아요."

일주일쯤 지난 뒤 젊은 남자가 인천터미널역에 모습을 나타냈다. 그 또한 마음이 편치 않았는지 매우 어두운 얼굴이었다.

"전동차 안에서 물건 판매하면 안 되는 거 아시죠?"

"예. 그런데 마땅히 벌이를 할 게 없어서…."

"사정은 알겠는데 전동차에서는 안 돼요. 전동차에서 물건을 팔다 걸리면 벌금도 내야 하니 나른 방법을 찾으셔야 해요. 이건 곤란합니다."

"죄송해요. 시작한 지 얼마 안 되는데…" 하며 그는 연신 미안하다고 했다.

그는 나와의 약속을 지키려는 듯 내가 인천터미널역을 떠날 때까지 3년이 지나도록 나타나지 않았다.

장애인들의 이동권을 보장하기 위해 운송기관의 편의시설이나 서비스가 향상되고 있지만 불편함을 호소하는 목소리는 끊이지 않고 있다. 그러나 나는 장애인의 이동권 보장만큼 그들이 밥벌이를 위해 불법에 뛰어들지 않는 시스템이 필요하다고 생각한다.

하루하루 밥벌이를 걱정하던 그 젊은 남자를 잡상인이라며 단속해야 했던 순간이 시간이 흘러도 잊혀지지 않기 때문이다.

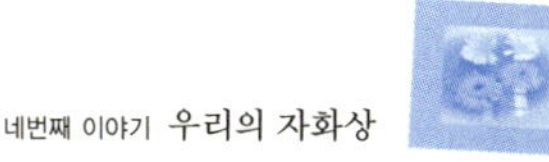

부평역 이름 때문에

영화 '엽기적인 그녀'의 배경은 부평역이다.

엽기적인 그녀와 남자주인공 견우가 만나 벌이는 첫 번째 에 피소드는 부평역 앞에서 시작된다. 그리고 두 사람은 함께 경인 전철을 타고 종점인 인천역에서 내린다.

과거나 지금이나 부평역 앞은 늘 넘쳐나는 사람들로 불야성 을 이루지만 영화 개봉 이후 연인들의 만남의 장소로 더 인기를 잊있다. 그런 가운데 '부평'이라는 이름 때문에 생긴 추억을 말 하는 사람들을 종종 만났다.

인천지하철 개통 초기 '부평구청역'에 근무하던 직원은 야간 에 매표업무를 하던 중 약간 취기가 있는 고객 두 명과 실랑이가 벌어졌다. ‘박촌역’에서 승차해 ‘부평역’에서 전철을 바꿔 탄 후 ‘소사역’까지 가야 하는 두 사람은 ‘부평구청역’을 ‘부평역’으로 착각하고 내린 것이었다.

그들은 “분명히 열차 안에서 ‘부평역’이라고 안내방송을 해서 내렸다”고 주장하며 방송이 잘못됐으니 ‘소사역’까지 가는 승차권을 내놓으라고 떼를 썼다. 그렇게 할 수 없다는 직원과 실랑이를 하는 사이 시간이 밤 11시 반을 넘어섰다. 직원은 “소사역까지 가려면 지금 가야 마지막 전철을 탈 수 있다”고 설득했다. 하지만 표를 주지 않으면 절대 나가지 않겠다고 그들은 고집을 부렸다.

끝내 마지막 열차를 놓친 그들은 직원과 함께 역무실에서 밤을 새고 이튿날 새벽 술이 깬 뒤 계면쩍은 모습으로 승차권을 구입하여 ‘부평구청역’을 떠났다. 두 사람은 ‘부평역’인 줄 알고 잘못 내린 ‘부평구청역’에서 ‘소사역’까지 일곱 정거장을 가는 데 10시간이 넘게 걸린 셈이다.

‘부평시장역’ 근처에 살고 있는 조모 씨는 집 가까이 지나는 인천지하철 개통을 누구보다 손꼽아 기다렸고 인천지하철을 자주 이용하고 있다. 그는 모임에 참석했다가 밤늦게 귀가할 때 종종 비슷비슷한 ‘부평역’ 때문에 잘못 내려 애를 먹은 적이 많다면서 ‘부평’ 이름을 탓했다.

1899년 우리나라 최초로 제물포역과 노량진역 간 33.2km의 경인선이 개통될 무렵 지금의 부평역 앞 부평구보건소 근처는 30여 호가 사는 부평군 동소정면 대정리 마을이었다.

이 마을에 동소정면사무소가 있어 사람들은 부평역 인근을 '동수재이'라 불렀는데 가까이 산줄기 허리를 끊고 기찻길이 생기면서 지금의 '부평역'이 들어섰다. 당시 부평군청은 지금의 계산동에 있었기 때문에 사람들은 이곳을 '부평역'이라 부르지 않고 주민들에게 더 친근한 '동수재이 정거장'이라고 불렀다.

당시 인근 '주안역'과 '소사역'에는 천일염(주안염전)과 일본인 농장 수밀도(水密挑)가 있어 전기가 들어왔지만, '부평역'만은 계속 석유등 신세를 지다가 35년이 지난 1934년에야 비로소 전기가 송전됐다. 그때 전기를 송전하는 영업소는 '소사'에 있었고 부평 전 지역을 관할했다고 한다.

이처럼 인천지역에서 가장 발전이 더디던 '부평역'이 경인선 개통 110여 년을 훌쩍 넘긴 지금은 어떤 모습인가. 이제 '부평역'은 경인선 중 승객이 가장 많은 역으로 변모해 1999년 1월 29일부터는 서울행 복복선 급행열차 시발역이 됐고, 그해 10월 6일부디는 인천지하철과 만나는 환승역이 됐다.

현재 인천지하철을 이용하는 하루 승객은 23만여 명이다. 이 중에서 '부평역'을 이용해 서울로 가거나 인천으로 오가는 환승객은 하루 11만 명이 넘는다.

아이러니한 것은 110여 년 전 부평역 인근 주민들이 사용했던 '동수재이'라는 명칭은 사라지고 조선시대부터 사용해 오던 '부평'이란 명칭은 지금까지 남아 긴 생명력을 뽐내고 있다는 점이다.

1995년 3월 '북구'가 부평구와 계양구로 분구되었고 이후 개통된 인천지하철은 '부평삼거리역', '부평역', '부평시장역', '부평구청역'이 차례로 제정되니 이곳을 지나는 사람들이 '부평'이란 안내방송에 화들짝 놀랄 만하지 않은가.

지하철을 이용하는 사람들이 '부평'이란 말을 사랑해야 하는 이유, 혼돈하지 말고 주의해서 이용해야 하는 이유가 여기에 있다.

기관사가 편안해야

장시간 전동차를 운전하는 동안 밖에 나갈 수도 없고 손님과 대화를 나눌 수도 없으며 좁은 공간에서 정해진 스케줄에 따라 움직여야 하는 기관사의 생활은 어떨까.

고객들과 가장 가까이 있으며 열차 안전을 책임지는 사람이 기관사들이지만 그 막중한 임무에 비해 그들은 너무 우리 관심 밖에 있다.

인천지하철을 비롯해 현재 도입되는 신형 전동차들은 자동운전시스템으로 제작되어 종합관제실에 의한 무인운전이 가능하다. 하지만 일시에 많은 사람들을 수송하는 전동차 운행 중 갑작스런 비상상황에 대처하기 위해서는 기관사의 역할이 중요하기 때문에 1인 운전을 유지해 오고 있다.

기관사의 근무시간은 3교대 근무자와 달리 출퇴근 시간이나 취침시간이 매우 불규칙하다. 특히 막차를 운전하고 주박(열차를 밤에 세워 두는 것)한 기관사는 다음날 새벽 첫차를 운전하기 때문에 깊은 잠을 잘 수 없다. 인천지하철에는 네 곳에 주박지가 있어 이곳에서 첫 열차가 동시에 출발한다.

직원들과 주로 생활하던 나는 우연한 기회에 한 기관사와 대화를 나눈 적이 있다. 단순 사무직인 내가 경험할 수 없는 고민과 어려움이 많았다.

고객을 직접 대하는 역무원의 역할도 중요하지만 기관사들 역시 우리 공사의 얼굴이라는 생각으로 일한다. 기관사에게도 예기치 못한 손님과의 마찰이나 이례적인 상황이 발생하는데, 열차 운행시각도 맞춰야 하고 혼자 판단해서 일을 처리해야 하는 부담이 있다. 기관사들이 운전하는 모습을 보면 편안해 보이지만 안타깝고 공포스럽고 때론 미안한 상황들의 연속이다.

가장 안타까운 것은 동료들의 사상사고 소식을 들을 때이며, 미안할 때는 손님이 지하철을 타기 위해 뛰어오는 모습을 보면서 출입문을 닫는 경우다. 정시운행을 위해 출입문을 닫을 때마다 늘 미안한 생각이 든다고 한다.

열 받을 때는 열차가 승강장에 진입하는데 학생들이 철없는 장난을 치고 있는 경우다. 열차에서 내려 야단을 치고 싶을 때가 한두 번이 아니란다.

가끔은 혼자라는 생각이 들어 공포를 느끼곤 하는데, 열차 운행이 새벽 1시 30분쯤 끝나면 기관사들은 열차를 역과 역 사이에 있는 터널유치선에 주박시키고 혹시라도 내리지 않은 손님이 있는지 다시 확인한다. 이상 유무를 관제실에 보고하고 기관사 침실이 있는 인근 역까지 아무도 없는 어두운 터널을 500m가량 걸어 나와야 한다.

어느 날 아침 30대 초반의 여성이 자살한 사고가 있었다. 사고현장을 아무리 깨끗이 닦고 정리해도 핏자국과 물기가 남아있어 그곳을 지나칠 때마다 종일 찝찝한 마음이었는데 그날 하필이면 그가 막차를 운행했다. 평소처럼 운행 종료 후 열차 내 점검을 마치고 이상 없음을 보고하는데, 종합관제실에서 "객실에서 비상인터폰이 울렸으니 다시 갔다 오라"고 지시했다. 분명히 객실에 아무것도 없었는데 비상인터폰이 울렸다고 하니 소름이 끼쳤다. 무서운 생각에 전동차 내 불을 모두 켜고 운전실문을 단단히 잠갔다.

이따금 발생하는 비상인터폰 접촉 불량이 원인이었다. 원인이 밝혀졌는데도 마음이 진정되지 않았다. 불 켜진 운전실이니 열차 내에서는 마음이 편안하고 익숙하지만 열차 밖 선로에 내려가면 모든 것이 음침해 보인다. 오늘처럼 자살사고가 있는 날은 기관사 침실까지 걸어가는 터널길이 더 음침하고 길게 느껴

진다. 걸음을 재촉하며 억지생각도 해 보고 생뚱맞은 노래도 불러보지만 식은땀이 난다.

이렇게 하루 일과를 마치고 침실에 도착하면 새벽 2시. 차질 없이 다음 첫차 운행을 위해 새벽 4시 30분에 일어나 열차 운행 준비를 해야 하는데 오늘 같은 날은 거의 뜬눈으로 밤을 새운다.

가끔 뉴스에 등장하는 승강장 안전사고와 취객들의 행태는 편안한 마음으로 운전해야 하는 기관사들을 극도로 긴장시키는 요인이다. 늦은 감은 있지만 기관사들이 제일 공포를 느낀다는 자살 등 승강장 안전사고 예방을 위해 스크린도어(안전문) 설치가 빠르게 진척되고 있어 얼마나 다행인지 모른다.

기관사가 편안하게 열차 운전을 할 수 있는 환경은 곧 우리의 안전보험이다.

치료비를 내놓으라고?

어느 날 오전 사무실로 60대 손님이 찾아왔다. 얼굴에 긁힌 자국이 있고 상처 주위에 밴드 몇 개가 심상찮게 붙어 있었다. 사무실 입구에서 두리번거리던 그는 묻지도 않고 맨 우측에 있는 A팀으로 걸어가 한 직원 옆에 앉아서 찾아온 사유를 설명하기 시작했다.

며칠 전 B역을 지나가는데 바닥에 물기가 있어 넘어져 다쳤으니 치료비를 내놓으라는 것이 요지였다. 손님이 애기를 들은 직원은 목격자가 있는지를 물었다. B역은 대형 환승역으로 늘 사람이 붐비는 곳이지만 주변에 아무도 없었다고 대답했다.

직원은 치료받은 영수증을 보여 달라고 했다. 손님은 영수증을 가져오지 않았다며 대신 밴드가 붙어 있는 얼굴이 증거라고 들이대며 치료비를 달라고 떼를 썼다. 직원이 알아서 해 줄 일은 없었다. 치료비를 줄 수 없다고 대답하자 분위기는 점점 험악해지기 시작했다. 손님은 작심하고 온 듯 더욱 큰 소리로 직원을 몰아댔다.

대화로는 끝날 것 같지 않자 옆에서 지켜보던 팀장과 직원들이 십시일반으로 3만 원을 모아 쥐어 주니 큰소리를 치던 손님은 아무 일 없다는 듯 사무실을 나갔다. 손님이 밖으로 나간 후 직원들은 술 마시고 넘어져 다친 상처 같다고 한 마디씩 했다.

석 달쯤 지났다. 그동안 내부 인사이동이 있어 치료비를 요구하던 손님과 실랑이를 벌인 A팀장은 바로 옆 C팀장이 되었다.

그때 3개월 전에 찾아와 큰소리를 치고 치료비를 받아간 60대 손님이 다시 찾아왔다. 예전과 같이 붉힌 얼굴이었고 역시 밴드 몇 개가 붙어 있었다. 사무실에 들어온 손님은 예전에 상담했던 A팀으로 가지 않고 이번에는 C팀으로 가 앉았다.

그때 손님을 맞으려던 C팀장과 손님의 눈이 마주쳤고 두 사람은 동시에 "어! 어!" 놀란 모습으로 손가락을 들어 상대를 가리켰다. 손님은 머리를 긁적이며 일어나더니 그대로 줄행랑을 쳤다.

이런 일이 한두 번의 해프닝이면 얼마나 좋겠는가. 나 또한 치료비를 달라고 찾아온 손님들 때문에 애를 먹은 적이 있다.

한 번은 역무실에 80대 할머니가 찾아와 5일 전 이곳 에스컬레이터에서 넘어졌다고 주장했다. 젊은 이웃아주머니와 동행한 할머니는 멍든 몸을 보여 주며 치료비를 달라고 해, 5일 전 상황을 알 수 없었으나 엑스레이 비용까지 자비로 해결해 준 적이 있다.

고객을 위해 일하는 것을 보람으로 생각하는 직원들이 떼쓰는 손님들로 인해 많은 고민을 한다. 특히 나이 많은 분들이 찾아와 억지를 부리면 뿌리치기도 쉽지 않다. 그러나 그들에게 배푸는 임시방편들이 또 다른 떼쓰기의 빌미를 주는 것은 아니었는지 생각하게 한다.

딱하고 억울한 처지를 명확히 하기보다 사무실까지 찾아와 떼를 쓰는 방식은 곤란하다. 대화보다 억지가 더 통하는 사회는 선진사회와 거리가 멀기 때문이다.

외국인들과의 이색경험

수도권 최대 공단으로 3,600여 개 중소기업이 밀집해 있는 남동공단에는 1만5천여 명의 외국인 근로자가 일하고 있다. 세계 여러 나라에서 온 외국인의 수만큼 각기 다른 생활과 종교의식 때문에 종종 역에서 해프닝이 벌어진다.

인천터미널역은 남동공단과 가깝고 인근에 쇼핑센터와 종합버스터미널이 있어 외국인 손님을 자주 볼 수 있는 곳이다. 특히 설날이나 추석 같은 명절에는 평소보다 많은 외국인들이 눈에 띈다. 명절에 오라는 곳도, 딱히 갈 곳도 없어 보이는데 그들은 환한 얼굴로 서툰 한국말을 써가며 어디론가 가고 있었다.

한 번은 이슬람 복장을 한 두 명의 외국인이 오더니 대합실

한쪽에 돗자리를 펴고 무슨 종교의식인지 한 시간 동안 계속 진지하게 절을 했다. 딱히 손님들의 동선에 방해가 되는 것도 아니고 시끄럽게 떠드는 것도 아니어서 그냥 지켜만 보았다. 오가는 고객들은 그들의 모습이 신기한 듯 바라보고 있었지만 어느 누구도 불평을 하지 않았고 그들 역시 주위 시선에 아랑곳하지 않았다.

이런 외국인도 있었다. 30대 초반의 일본인이었는데 대단한 미식가였던 것 같다. 그는 한국관광공사에서 발행한 '맛있는 집' 안내책자를 가져와 직원에게 펼쳐 보이며 '골뱅이음식점' 가는 길을 물었다. 직원은 그가 찾는 음식점이 역에서 걸어갈 수 있는 거리가 아니고 찾아가는 길도 복잡했지만 성의껏 설명해 주었다. 며칠 뒤 직원은 일본인이 가고자 했던 유명한 '골뱅이집'을 찾아가 보았는데, 그 음식점은 오래 전에 문을 닫아 그 자리에 없었다며 이곳까지 찾아왔다가 허탈하게 되돌아갔을 일본인이 생각나 무척 안타까웠다고 했다.

30대 젊은 몽골 여성이 급히 역무실을 찾아왔다. 그녀는 몽골어에 한국어와 영어를 간간이 섞어 가며 다급하게 무슨 말을 했다. 알아듣기가 어려워 천천히 다시 묻고 물으니 '방금 택시에 지갑을 두고 내렸으니 찾아 달라"는 절규였다. 지하철도 아닌 택시에 놓고 내린 지갑을 찾을 수 있을까. 직원은 급한 대로 전화번호부에 나오는 택시회사 몇 곳에 전화해서 부탁을 했는데 며칠을 기다려도 지갑을 찾았다는 연락은 없었다.

이런 외국인도 있었다. 젊은 여성이 두세 살쯤 되어 보이는 아기를 안고 지하철을 타러 왔다. 잠시 후 급하다는 연락을 받고 승강장에 가 보니 열차는 떠나고 여성은 아기를 안고 울고 있었다. 열차를 탄 후 출입문이 닫힐 때 아기 손이 문에 끼었던 것이다. 여성이 비명을 지르자 주위 사람들이 기관사와 비상연락을 해 급히 하차할 수 있었다. 함께 인근 병원으로 갔다. 한국말도 서툴고 이곳 지리도 몰라 안내가 필요해 보였다. 엑스레이 촬영을 했는데 다행히 아기 손은 약간의 찰과상만 있을 뿐 뼈에는 이상이 없었다. 우리가 치료비를 지불하려 했으나 여성은 극구 사양하며 본인이 지불했고 고맙다는 인사를 잊지 않았다.

직원들은 간단한 외국어 공부에 전념하고 있다. 공사에서는 외국인의 이용편의를 위해 영어, 중국어, 일본어 방송도 병행하고 있고 안내책자도 만들어 지하철 이용을 돕고 있지만, 정작 직원들은 영어나 중국어를 사용하지 않는 고객들을 더 자주 접하고 당황할 때가 있다. 그만큼 우리나라가 빠르게 세계화되었다는 것이다.

2014년 인천아시안게임이 개최되고 지금보다 나라살림이 좋아지면 더 많은 외국인이 우리나라를 찾을 것이다. 우리가 세계 각국의 언어를 모두 알 수는 없지만 나라마다 가지고 있는 독특한 문화를 이해하고 존중하는 세계화 마인드는 필요해 보인다.

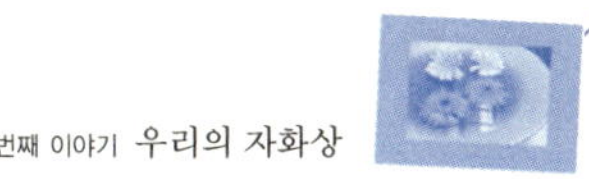

유실물 백태(百態)

1995년 삼풍백화점 붕괴사고 일주일 전, 우연히 그곳에 들렀다가 사은품으로 받은 우산이 있었다. 평범한 우산이었지만 붕괴사고 후부터는 마치 귀한 유품인 양 애지중지하는 것이었다.

어느 비 오는 날, 출장가면서 챙긴 우산은 오후에 날이 개자 짐이 되었다. 그날 내가 우산을 짐이라고 생각했기 때문인지 열차 좌석 옆에 놔둔 채 내리고 말았다.

열차가 출발하고 나서야 두고 내린 우산이 생각나 급히 역무실로 뛰어가 열차 위치와 시각을 알리고 연락을 기다렸지만 결국 우산을 찾지 못하고 발길을 돌렸다. 안타까웠다. 그때부터 지하철 유실물센터에 보관되어 있는 주인 잃은 물건들을 보면 모두 안타까운 사연이 담겨 있을 거라는 생각이 들었다.

유실물센터에 근무하던 김씨에게 잊혀지지 않는 물건이 있었다. 50세가량의 아주머니가 열차에 놓고 내린 물건을 찾아 달라며 사정을 했는데, 그녀가 애타게 찾는 물건은 소변이었다. 아주머니는 서울에 있는 병원 검진을 위해 2주에 한 번 소변을 모아 가져가는데 그것을 놓고 내린 것이었다.

접수조차 난감한 소변 유실물. 누군가 발견했어도 그냥 버렸을 것 같은 소변은 아주머니에겐 생명이 아닌가. 다행히 김씨가 발빠르게 종합관제실과 여러 역에 연락해 찾아 주었다.

유실물센터에 신고된 휴대전화, 의료기기, 가방 같은 물건이나 목발, 휠체어, 애완견집, 틀니 등 자신의 몸과 같은 물건을 보면 어떻게 저런 물건을 두고 내렸을까 싶다.

유실물은 춘곤증이 몰려오는 3월에서 6월까지 발생건수가 많고 전체 유실물의 30% 이상이 이 시기에 집중된다. 품목별로는 가방이 제일 많고, 휴대전화, MP3 같은 전자제품, 의류 순이며 서울 1~8호선에서는 한 해 현금만 5억여 원에 이른다고 한다.

접수된 유실물은 7일 동안 지하철 유실물센터에 보관된다. 그 중 반 이상은 주인을 찾고 나머지는 유실물법에 의해 관할 경찰서로 넘겨진 후 1년 6개월의 법정기간이 지나면 경매로 처리되거나 일부는 불우이웃을 위해 쓰여진다. 주인 잃은 유실물의 운명이 참 복잡하고 기구해 보인다.

실제로 2007년 '아름다운 가게'가 인천공항 유실물센터로부터 반환 시한이 지난 유실물 1,500여 점을 기증받아 싼값에 팔아 시민들로부터 큰 호응을 얻은 바 있다.

인천지하철에는 하루 평균 3건 정도의 유실물이 접수되는데 그 수는 점점 줄고 있다. '전동차 내부를 불연재로 교체하면서 선반을 없앤 것', 그리고 '승객들이 소지품 간수에 주의하는 것'이 이유라고 생각한다.

유실물센터 직원은 잃어버린 물건을 찾고 즐거워하는 고객을 대할 때 가장 보람을 느끼지만, 어렵사리 주인을 찾았는데 '그냥 버리라'고 말할 때 가장 허탈하다고 한다.

승강장에서 우연히 패스를 주워 온 사람들에게 계속 섬뜩한 일들이 생기는 것을 소재로 한 '유실물'이란 일본 공포영화가 있다. 그에 앞서 영화 '유실물'과 비슷한 코드로 우리나라에서 제작한 김혜수 주연의 '분홍신'도 지하철에 버려진 신발을 주운 사람을 소재로 다룬 공포영화다. 영화 촬영장소는 '인천시청역'이었다. 이런 영화를 보면 '남의 물건에 함부로 손대면 안 된다'는 생각과 '내 물건이 유실물이 되지 않도록 조심해야겠다'는 생각을 하게 한다.

열차에서 물건을 들고 있기 곤란하면 무릎에 두거나 발밑에 두어 분실 위험을 줄이고, 분실 사실을 알았을 경우 재빨리 대응하는 요령을 눈여겨볼 필요가 있다.

기관사들의 이런 고충 들어봤나요?

"출입문 닫습니다. 열차가 움직입니다. 승강장 안쪽으로 한 걸음 물러서 주시기 바랍니다."

모든 정차하는 역마다 열차 출발 전 반복하는 기관사들의 낯익은 멘트다. 기관사가 일하는 1평 남짓한 운전실에는 크게 궤도, 신호, 전차선로, 차량설비, 통신장치 등은 물론 승강장에서 접해야 하는 스크린 도어, CCTV 모니터, 후사경, 8량 정지 표지, 정차등, 여기에 신호기와 맞물려 기관사가 조작해야 하는 설비들은 다 나열하기 어려울 정도로 많다.

한 치의 오차도 용납되지 않는 예민한 장비들을 홀로 다루며 전동차를 운행하는 기관사의 긴장감은 말로 표현하기 어렵다.

혼자서 50억 원이 넘는 열차를 다루어야 하는 철저함과 많게는 1,600명의 손님을 한 번에 안전하게 수송해야 하는 책임감, 그리고 운행 중 돌발상황이라도 발생하면 신속하고 정확하게 대처해야 하는 판단력까지 갖추어야 하는 기관사들의 고충은 무엇일까.

이모 씨는 초보 기관사 시절, 열차운행 중 급하게 운전실 출입문을 두드리는 소리를 듣고 다급한 상황인가 하여 망설임 없이 문을 열었다. 그때 술 취한 아저씨가 느닷없이 콜라가 담긴 컵을 운전실 안으로 던지며 "에라, 너나 먹어라" 하더니 도망을 가더란다. 그는 이 황당한 '콜라테러사건' 때문에 지금도 운전실 출입문 여는 것이 조심스럽다고 한다.

김모 씨는 하선 종착역에 막 도착했는데 왜 상선 방향으로 가지 않느냐고 태연하게 질문하는 사람, 분명히 상선을 탔는데 왜 여기로 왔느냐고 화내는 사람들 때문에 곤혹스럽다고 한다. 또 가끔 객실과 객실 연결문 사이에 숨어 있다가 종점역에 도착하여 내부 점검 차 객실을 지날 때 갑자기 튀어나와 깜짝 놀라게 하는 사람도 있다며, 엉뚱한 손님들을 만나면 하루가 어떻게 지나가는지 모른다고 한다.

송모 씨는 어느 여름날, 점심으로 김밥 두 줄을 사들고 열차에 올랐다. 한 바퀴를 운행하고 두 번째 운행 중 김밥을 먹으려는 순간 승강장에 서 있는 지도승무(기관사의 근무상태를 확인하기 위해 운전실에 승차하여 지도하는 직원)를 발견했다. 그는 김밥을 숨겨놓고 세 시간 넘게 운행한 후 꺼내 보니 벌써 쉰 냄새가 풍겨 먹지 못했다. 아깝고, 배고프고, 서글펐다며 불규칙한 출퇴근 때문에 식사시간을 맞추는 것이 힘들다고 한다.

박모 씨는 어느 역에 진입하다가 열차 정지 위치를 90cm나 지나쳐 버렸다. 그 역에는 안전 펜스가 설치되어 있어 이런 상태에서 전동차 출입문을 열면 휠체어를 탄 손님이 승하차를 할 수 없었다. 박씨는 손님들에게 안내방송을 하고 종합관제실 승인을 얻은 다음 후진하여 정위치에 정차한 뒤 출입문을 열었다. 또 열차 정차 위치를 지나칠까 봐 무척 긴장된다고 한다.

한 기관사는 운행 중 객실 내에서 취객이 위협적으로 난동을 부린다는 손님의 신고를 받았다. 종합관제실에 연락을 취한 후 다음 역에서 열차를 세웠다. 직원들이 와서 하차하지 않겠다며 완강하게 버티는 취객을 강제로 하차시키느라 열차 운행이 10여 분 정도 지연되었다. 이유를 잘 모르는 승객들이 열차 지연을 따지는 바람에 애를 먹었다.

기관사들은 예민한 기계를 다루느라 긴장하는 것이 아니라 종종 부닥치는 예기치 않은 상황이 발생하였을 때 정시운행에 대한 부담과 함께 처리해 줄 사람이 없는 것 때문에 더 긴장한다. 승객들의 절대 안전을 책임지고 있는 기관사에게 불필요한 도발행위는 안 된다. 기관사를 위해서가 아니라 바로 자신의 안전을 위해서 지켜야 하는 일이다.

무재해 결의를 다짐하고 있다.

꽃으로도 때리지 마라

어느 구청 소속 공익근무요원 A씨가 투신자살을 했다. 그와 함께 근무한 공무원들은 그가 조용하고 비교적 성실했으며 무단결근과 근무지 이탈도 없었다고 했다. 유족들은 대학에서 과대표를 지낼 정도로 대인관계와 성격이 원만했다고 했는데, '제대를 7개월 앞두고 왜 자살했을까'에 대해서는 유족과 공무원들 간의 의견이 엇갈렸다.

공무원들은 별일 없었다고 했지만 유족은 "그가 선후임 때문에 힘들다고 여러 번 하소연했고, 직원들로부터 무시하고 비하하는 발언 등을 들어 심적 충격을 받았다"면서 "구청장 표창을 받고 집에 와서 '왕따나 시키지 말라'며 표창장을 찢어 버렸다"

고 했다.

그가 남긴 유서에 "난 정말 살고 싶었는데, 엄청 착하게 살고 법도 어긴 적도 없는데, 정신적으로 힘들어 죽겠다. 이제는 편하게 자고 싶다. 내가 죽으면서 날 욕하는 사람 절대 용서하지 않겠다"고 했다니, 그는 공익요원으로 복무하면서 정신적으로 심한 스트레스를 받아 온 것이 분명해 보인다.

그 일이 있은 두 달 후 같은 곳에서 공익근무요원 B씨가 근무 시간에 술을 마시고 구청 옥상에서 자살을 시도하다가 빠르게 대처한 구청 직원들의 기지로 죽음을 면한 일이 또 발생했다. 직원들은 난간에 앉아 소주를 마시며 고함을 치던 그를 끌어내렸는데, B씨는 만취상태에서 "공익요원도 사람이다. 사람 취급을 해 달라"면서 하소연했다고 한다. 그는 "직원이 오늘도 새벽까지 술 먹고 뒤통수를 때렸다", "공익이 엘리베이터 타면 걸어 다니라고 하는 등 우리를 너무 무시한다", "말이 통하지 않으면 자살하겠다"고 소리쳤다고 한다.

지하철역 승강장에서 안전요원으로 일하는 공익근무요원 C씨는 만취상태의 취객이 자신에게 다가와 "남들 키 클 때 뭐했길래 이렇게 키가 작냐"고 시비를 걸자 자기도 모르게 들고 있던 신호기 깃대로 때려 취객은 졸지에 병원 신세를 졌다. C씨는 합의금을 물어주고 풀려나왔는데, 마음의 상처를 크게 받아 승강장 근무를 회피하는 등 대인기피 증세를 보이기 시작했다.

지하철 공익근무요원 D씨도 취객이 다가와 '돼지 같다'고 뚱뚱한 자신을 비웃으며 시비를 걸어와 순간 주먹을 날려 취객이 입원한 일이 있었다. 시비는 취객이 먼저 걸었지만 이번에도 그가 큰 액수의 합의금을 물고서야 일이 무마되었다. 그 역시 마음의 상처를 받았다.

우리는 종종 '공익근무요원이 선로에 떨어진 손님을 발견하고 재빨리 안전하게 끌어올렸다'든가 '공익근무요원이 역에 진입하는 열차에 뛰어들어 자살을 기도한 손님을 발견, 인명 사고를 예방하였다'는 뉴스를 종종 본다.

승강장 안전요원으로 일하는 공익근무요원들이 있어 승객들은 늦은 시간에도 안심하고 지하철을 이용한다. 그들은 국가기관, 지방자치단체, 공공시설에서 공익 목적 수행에 필요한 경비, 감시, 봉사, 행정업무 등을 하거나 또는 예술, 체육인의 육성을 위해 소집되어 공익분야에서 복무하며 시민에게 봉사하는 사람들로서, 대부분 군대에서 힘든 훈련을 받는 데 신체적으로 어려움을 겪는 사람들이다.

우리 공사는 지하철 개통 전부터 공익근무요원제도를 도입하여 지하철 안전운행과 승객보호를 위한 전동차 내 기동순찰, 중요시설 방호를 위한 시설경비 등을 맡기고 있다. 2009년 342명, 2010년 398명의 공익근무요원들이 역 구석구석을 점검하며 고객들의 안전수호자 역할을 충실히 하고 있다.

　그러나 역에서 마주치는 공익근무요원들이 맘에 들지 않는다고 모욕을 주거나 자존심을 상하게 하여 예기치 못한 사건으로 확대되는 일이 지속되고 있다. 혈기왕성한 공익근무요원들의 잘못된 행동에 대한 정당한 지적이 아니라 모욕적인 언사로 상처를 주어 후유증이 남는다면 그 피해는 고스란히 우리 모두가 감내해야 하는 몫이 된다.

　공익근무요원들의 인성교육도 중요하다. 이와 함께 상대적 약자인 공익근무요원을 배려하는 승객들의 인성도 중요해 보인다.

남성이 선택한 육아휴직

인천터미널역에서 동고동락하던 우모 씨는 오랜 연애 끝에 총각 딱지를 떼고 이어 첫딸의 아빠가 되었다. 그러나 기쁨과 자랑도 잠시, 육아문제 때문에 그의 걱정은 이만저만이 아니었다.

그러던 중 그가 육아휴직을 신청했다는 소식이 들려왔다. 여직원들이 종종 육아휴직을 하는 경우는 있지만 남자 직원이 육아휴직을 신청한 사례가 없어 큰 화제가 되었다. 직원들은 우씨가 아기를 어떻게 키우냐며 걱정 반 흥미 반 관심을 보였다.

그는 3개월간 육아휴직에 들어가기 전 나를 찾아와 "아기를 돌봐 주실 분이 안 계시고, 또 아내가 학교에서 계약직으로 일하고 있어 휴직을 하면 자리가 없어질 수 있다고 걱정해서요"

라며 휴직 이유를 말했다. 그는 또 "매스컴에서 남편들도 육아 휴직을 할 수 있다고 떠들어도 내가 그 주인공이 될 줄은 정말 몰랐다"고 덧붙였다.

"아기 잘 키울 수 있겠느냐"고 하자 "아내가 시키는 대로 해야 지요. 그 사람도 걱정이 되니까 일과표를 빽빽이 적어 주고 출근 합니다"라고 했다. 나는 격려의 말과 함께 '사보'에 실을 육아 일기를 적어 보라고 했다.

3개월 후 그는 육아일기를 착실히 써와 내게 내밀었다. 일기 첫머리에 "남성은 일하고 여성은 아기를 돌본다는 평범한 나의 고정관념은 아내의 출산 이후 깨졌다. 그러나 맞벌이와 육아라 는 두 마리 토끼를 잡기 위해 먼저 아내의 입장을 고려하여 내 가 육아휴직을 선택했다. 처음엔 너무 어색하고 부끄러웠다"고 적혀 있었다.

그리고 '아기가 매일 달라져 가는 모습에 대한 신기함'을 자 세히 적고, "아기를 돌보는 것이 하루하루 정말 힘들고 고단하 지만 세상에서 가장 위대한 일이며, 아내를 포함한 모든 어머니 들이 정말 존경스럽게 보인다"고 했다.

여사원 안모 씨는 아기를 돌봐줄 부모님이 계서 육아 걱정은 없었지만 돌 지난 아기가 어린이집에 적응하지 못해 고심하다 육아휴직을 신청했다. 낯선 이들과 함께 있던 아기가 3개월 동 안 엄마와 함께 지내며 얼마나 행복했을까.

어느 포털에서 '직장인을 대상으로 육아휴직 확대 관련 조사' 결과 응답자의 95.7%가 육아휴직을 못 쓰고 있는 것으로 나타났다. 육아휴직이 가장 절실할 때는 믿고 맡길 사람이 없을 때, 맡길 사람이 없어 맞벌이를 포기했을 때, 자녀가 아플 때, 배우자가 힘들어 할 때 순이었다. 출산율을 높이는 최선의 방법으로는 믿고 맡길 수 있는 정부 지원 어린이집 확대, 금전적 지원 확대, 육아휴직 법적보호 순으로 나타났다.

정부나 지방자치단체가 각종 혜택으로 출산율을 높이려 하지만 기본적인 육아문제가 해결되어야 효용성이 높아질 것 같다. 아기 엄마 아빠가 된 사원에게 축하에 앞서 '누가 아이를 돌봐주느냐'는 인사를 먼저 묻게 된다.

남성이 선택해 화제가 된 육아휴직, 아이를 낳는 순간 새로운 고민이 앞선다면 누가 출산을 하려 할까. 또 육아휴직과 직장 복귀 후 상황이 달라지지 않는다면 육아와 일을 병행하는 '슈퍼맘'들이 더 흔들리지 않을까.

직장으로 돌아온 우씨나 안씨 모두 여전히 육아문제로 힘들어 하고 있다.

대학 역이름 따내기

1980년 말 서울 2호선 '화양' 역이 개통되어 나는 편하게 대학을 다녔다. 화양동에는 건국대와 세종대, 어린이대공원이 있어 찾는 사람이 많았는데, '화양' 역이 1985년 3월 슬그머니 '건대입구' 역으로 바뀌었다.

1974년 개통된 경인전철에는 매우 친숙한 '휘경' 역이 있었으나 20년이 지난 1996년 초 '휘경' 역이 사라지고 '외대앞' 역이 등장했다.

역이름을 대학명으로 바꾸려는 대학들의 요구는 현재도 진행형이다. 최근 가장 뜨거웠던 곳은 천안에서 아산까지 연장된 광역철도였다. 이 지역에 유난히 대학이 많다보니 서로 사활을 걸고 대학 역이름 따내기에 나섰다.

아산시는 신창면에 들어설 '신창순천향대' 역과 천안 쌍용동의 '쌍용나사렛대' 역이름을 철도공사에 통보했다. 그런데 철도공사가 '행정구역 이름을 최우선으로 하고, 역이름으로 적합하지 않은 것은 부기하며, 이용객 수와 정차 횟수에 따라 사용료를 징수하니 대학명이 들어간 역이름을 다시 검토해 달라'고 회시하면서 갈등이 시작됐다.

순천향대는 "'신창' 역으로 결정할 경우 소송과 대규모 집회 등 사활을 건 투쟁을 하겠다"며 강경 입장을 밝혔고, 인근 폴리텍대학은 '신창' 역을 '신창(폴리텍아산대학)' 역으로 해 달라며 '신창순천향대' 역이름이 부당하다는 민원을 제기했다.

순천향대는 "전철이 신창면까지 연장된 것은 우리가 힘쓴 결과"라면서 "이용객 80% 이상이 학생들과 직원으로 예상되기에 '순천향대' 역이 옳다"고 주장했지만 아산시와 시민들은 "대학명으로 표기하면 '신창'이란 고유지명이 사라지고 폴리텍대학과의 형평성도 문제가 된다"며 소극적이다.

또 천안시 쌍용동에 들어설 역이름도 '쌍용동' 역이냐 '쌍용나사렛대' 역이냐를 두고 나사렛대가 맞섰다.

서울에서는 9호선 개통을 앞두고 '흑석' 역이 논쟁거리였다. 중앙대는 '중앙대흑석' 역이나 '흑석중앙대' 역으로 하기 위해 대대적인 캠페인을 해 왔는데 받아들여지지 않자 "학교 본부는 물론 재학생과 동문회가 나서서 무효화 투쟁을 하겠다”고 했고, 서울시와 주민들은 “역이름은 행정지역 이름이 우선”이라며 ‘흑석’ 역을 주장했다. 당시 ‘중앙대’ 는 7호선 ‘상도’ 역에 병기되어 있었다.

역이름 부기 유료화를 추진해 온 철도공사는 2008년 ‘성환’, ‘직산’, ‘두정’ 역의 보조 역이름 입찰을 실시하여 ‘성환’ 역은 ‘남서울대’ 로, ‘두정’ 역은 ‘백석대’ 로 결정했다. 문제는 이 역을 이용하는 인근 단국대, 상명대, 한국과학기술대, 공주대의 반발이 있었다는 점이다.

당시 철도공사에 역이름 부기를 신청한 대학은 한국종합예술학교, 한신대, 국제대, 한영신대, 서정대, 한북대, 단국대, 한림대 성심병원, 가톨릭대 성모자애병원이 있다. 인천메트로에는 경인교대, 인천대 외에 경인여대, 가천의과학대가 부기되었다.

부산교통공사는 2008년 역이름 유료화를 추진하자 동의대와 경성대가 ‘역이름 유료화는 사립대에 대한 차별’ 이라며 반발했다. 앞으로 부산지하철에는 동아대, 동주대학, 부산대학병원, 동서대·경남정보대, 신라대, 양산부산대병원(부산대양산캠퍼스역)이 부기될 예정이라고 한다.

세계 지도 모양의 인공섬을 분양하는 등 기발한 마케팅 전략을 구사해 온 두바이도 ‘지하철 역이름 분양사업’ 을 추진한 적이 있다. 두바이는 2009년, 2010년에 각각 개통될 2개 지하철 노선

47개 역 중 23개 역이름을 10년간 사용하는 권리를 분양한 적이 있는데, 그 결과 유명 다국적 기업과 은행, 부동산, 소비재 분야의 토종 대기업 등 250개 기업이 신청해 10대 1 이상의 경쟁률을 보였다고 한다. 낙점된 기업은 역과 노선도에 기업체 이름은 물론 역사 내에 붙여질 다른 광고물에 대한 거부권도 갖는다.

이에 대해 월스트리트저널은 "역이름에 지리적 표시를 배제하고 기업이름을 쓰는 것이 이용자들을 헷갈리게 한다는 비판도 있지만 중동지역의 물류·부동산·여행 허브로 자리잡기 위한 두바이의 노력"이라고 보도했다. 역이름 마케팅이다.

대학들의 역이름 따내기 기싸움과 역이름 부기사업이 맞물려 대학 역이름이 많아졌다. 대학 역이름이 너무 많아 놀랐다는 외국인, '낙성대' 역이 '어느 대학이냐' 고 묻던 한 승객이 생각난다.

기차마니아를 위한 선물

지금도 역간 비상전화를 통해 잃어버린 아이의 인상착의를 알리는 급한 연락이 오간다. 내가 역에 근무할 때도 이런 일이 종종 있었는데 그 중 기억나는 여덟 살 남자아이가 있다.

그 아이가 기차를 좋아한다는 이유 하나로 아이가 보이지 않으면 부모는 지하철역으로 득달같이 긴급연락을 하여 아이를 찾아 달라고 호소하곤 했다. 그때마다 아이는 실제 지하철역 구내를 혼자 휘젓고 다니고 있었다. 당시 나는 '왜 위험히게 이이 혼자 지하철역으로 가도록 방치했을까' 하고 생각했을 뿐 아이의 눈높이를 맞추는 것을 간과했다.

어느 무더운 여름날, 굴현차량기지에 일곱 살 어린이 손님이 찾아왔다. 영준이는 유난히 기차를 좋아하고 웬만한 기차모형 장난감은 모두 갖고 있는 '기차마니아'였다. 기차를 좋아하고 호기심 많은 꼬마 기차마니아를 위해 인천지하철 차량기지를 통째로 보여 주는 시간이었다.

어마어마한 전동차를 가까이에서 바라본 영준이는 넋이 나간 듯 말문을 열지 못했다. 그러나 그것도 잠시, 영준이는 전동차 안팎을 이리저리 뛰어다니며 즐거워했다. 주변 사람들은 콩 튀듯 뛰는 아이가 위험해 보여 다칠까 마음을 졸였다.

이날의 하이라이트는 영준이가 달리는 기관사실 운전석에 탑승해 보는 것이었다. 전동차 기관사실에 앉아 앞을 보며 달리는 기회는 어른들에게도 거의 주어지지 않기에 영준이의 기관사실 탑승 경험은 오래 기억될 거라 생각했다. 그런데 운전석에 앉아 신나하던 영준이는 막상 열차가 움직이자 무섭다고 손사래를 치며 곧바로 내렸다. 예기치 않은 영준이의 반응에 엄마도, 지켜보던 직원들도, 영준이를 취재하던 방송도 모두 놀랐다.

영준이는 아이들의 문제 유형에 따라 해법을 찾는 '우리 아이가 달라졌어요' 프로그램의 주인공이었다. 이 프로그램은 울며 떼 쓰는 아이, 산만한 아이, 밥 안 먹는 아이 등 문제 아이들을 소개하고 전문가의 해법을 제시하는 육아프로그램이다. 주제는 아이들에 대한 내용이지만 실제는 아이를 키우는 부모들을 위한 방송이다. 오늘 인천지하철 차량기지를 방문해 실제 전동차를 보여 주는 것은, 유별나게 기차를 좋아하는 영준이를 위한 엄마의 교육적 선택이자 바람이었다.

어린아이들은 기차를 타본 적이 없어도 TV에 기차가 나오거나, 차를 타고 가면서 차창 밖으로 기차가 지나가는 것을 보면 무척 좋아한다. 놀이를 할 때도 자동차를 길게 이어 기차 형태를 만들곤 하는데, 이는 연상 작용에 의해 두 개 이상의 자동차가 모이면 기차가 된다고 생각하기 때문이라고 한다.

아이들이 기차를 좋아하는 이유는 다른 장난감에 비해 길고 크다는 것, 기차 안에서 빠르게 지나가는 바깥세상 모습을 보는 것이 흥미롭다는 것, 또 기찻길 옆 오막살이, 칙칙폭폭 등 호기심을 불러일으키는 동요가 있다는 것 등이다.

해마다 인천지하철 차량기지에는 5천 명이 넘는 어린이들이 견학을 오고 방문 희망자는 계속 늘고 있다. 평소 굳게 닫혀 있는 차량기지의 빗장을 풀어 기차 체험과 교육의 장으로 개방하는 것은 영준이 같은 어린이들의 호기심을 해소하려는 배려다.

기차마니아 영준이가 기차는 신나고 재미있지만 동시에 무섭다는 반응을 보인 경험이 앞으로 어떤 행동 변화를 줄지 지켜볼 일이다. 영준이의 천진난만한 모습을 보면서 예전 부모 손만 벗어나면 자기가 좋아하는 전동차를 타러 역으로 달려오던 남자 아이가 생각났다. 그 아이에게도 영준이와 같은 기회가 있었더라면 하는 생각이 머릿속에서 떠나지 않는다.

선로신호전환기를 점검하고 있는 모습

지금은 무인시대

이젠 매표소에서 승차권을 판매하지 않는다. 노인이나 장애인들에게 지급해 오던 무임승차권도 자동발매기에서 스스로 발급받아야 하고, 50% 할인된 어린이승차권도 스스로 발매기에서 사야 한다. 110여 년 전 인천에 우리나라 최초로 기차가 들어설 때부터 있어 온 매표소가 사라진 것이다.

빠르게 변화한 IT산업으로 기존 종이승차권은 칩이 달린 카드로 바뀌었고, 직원들이 게이트마다 서서 일일이 승차권을 수거하던 모습도 사라졌다. 또 게이트는 이제 사용한 요금은 물론 사용시간까지 자동으로 기록되는 최신식으로 바뀌었다.

오랫동안 매표소는 승차권 판매뿐 아니라 열차 운행시간과

역 주변시설 안내를 해 주는 고객 상담소였다.

무인매표가 시작되던 날, 직원들은 모두 매표소 밖으로 나와 자동발매기 앞에서 고객을 맞았다. 자동발매기 사용을 돕고 취지를 설명하느라 분주한 시간을 보냈다. 열심히 안내도 하고 도우미 역할을 했지만 자동발매기 같은 첨단기기 사용에 익숙지 않은 고객들의 표정과 반응이 각양각색이었다.

무엇이든 물어보면 척척 대답해 주던 매표소 대신 자동발매기로 향하며 왜 매표소에서 표를 안 파느냐고 불평하는 사람들이 가장 많았다. 기계 사용에 서툰 어르신들을 위해 양심껏 가져가라고 무임승차권을 쌓아 놓았는데 직원들 눈치 볼 필요가 없어 편하다는 사람도 있었다.

반면 양심 없는 사람들이 많은데 누구나 무임승차권을 가져가게 하면 어떡하느냐며 걱정하는 사람도 있었다.

신권·구권 지폐를 빨리 인식하지 못한다며 사람보다 느린 기계에 화풀이하는 사람도 있었지만, 반대로 어린이들은 발매기에서 스스로 어린이승차권을 사면서 즐거워했다.

나는 문학경기장역에서 지원근무를 했다. 그날은 문학경기장에서 SK와이번스 야구경기가 있었다. 역에서 하차한 어느 노부부는 되돌아와 무임권을 들고 밖으로 향했다. 지하철 탈 때 가져가시라 하니 "이따 가져가든 지금 가져가든 무슨 상관이냐"며 짜증이시다.

한 젊은 부부는 잠든 아이 둘을 각각 안고 야구장을 찾았다. 경기 종료 후 다시 역을 찾은 이 부부는 여전히 자고 있는 아이들을 업고 있었다. 아이들을 업은 채 발매기 앞에서 승차권을 사는 모습이 안쓰러워 보였다.

늦은 밤 야구경기 종료 후 역으로 몰려온 남자 손님 중에는 술에 취한 사람이 많았다. 그들이 승차권을 사려니 돈은 구겨져 있거나 젖어 있고 손동작이 어눌하니 기계 작동이 잘 될 리가 없다. 몇몇은 승차권을 안 사고 그냥 가겠다고 화를 내며 기계를 발로 찼다. 이런 상황을 아는지 모르는지 문학경기장역 주변엔 포장마차들이 여러 개 늘어서서 손님 끌기에 바빴다.

고객의 양심을 우선하는 승차권 자동발매제도. 시행착오와 수입금 누수를 우려하는 목소리가 있지만 국민소득 2만 달러 시대를 사는 우리는 충분히 극복할 수 있는 제도라고 생각한다. 무인 시대를 살아가는 시민의식과 양심이 더욱 필요하지 않을까.

보이지 않는 힘

지하수는 어떻게 사용될까

땅속 깊이 지하철이 지나는 곳에 지하수도 함께 흐르고 있다. 연간 약 114만 톤의 물이 흐르는 곳, 우리가 매일 이용하는 인천지하철이다.

인천터미널역은 지하 2층 규모이고, 인근 문학경기장역과 예술 회관역은 지하 3층 규모다. 얼핏 보면 이곳이 더 깊어 보이지만 세 역의 단면도를 보면 인천터미널역 승강장의 심도가 더 깊다.

그래서 이 근처에서 발생하는 지하수는 자연스레 심도가 깊은 인천터미널역으로 흘러온다. 이처럼 각 역에서 조금씩 흘러오는 지하수는 역마다 설치된 '집수정'으로 모인다. 그런데 집수정 용량에 한계가 있어 유입되는 지하수를 보관하기 어렵고, 또한 지하철 안전운행을 위해 어쩔 수 없이 지하수를 버리고 있다.

인천메트로 전 역에는 매일 3천여 톤의 지하수가 흘러 들어온다. 지하수는 지하철 건설 후 터널 부근에서 자연적으로 발생해 유입되는데, 수질 면에서 매우 양호하여 음용수를 제외한 여러 용도로 활용할 수 있다.

인천메트로는 버려지는 지하수를 도로 청수용수 476톤, 공원 조경용수 104톤, 지하철 화장실 세정 및 청소용수 75톤, 역 인근 백화점에 151톤을 공급함으로써 하루 최대 800여 톤을 재활용하고 있다. 이것은 전체 발생량의 26% 정도이며 연간으로 환산하면 29만여 톤이다.

인천메트로 본사에서 1년간 14만 톤의 물을 사용하니 그 두 배 이상을 지하수를 재활용하는 셈이다. 수치를 비교하면 엄청나 보이지만 연 114만 톤에 이르는 지하수량에 비하면 활용은 여전히 저조하다.

이는 역세권 도로 주변에 대단위 건물이 많지 않아 지하수 활용에 대한 경제성이 떨어지고, 인공하천이나 공원 분수대 등 지하수를 공급할 수 있는 환경 또한 취약하기 때문이다.

서울1~8호선 전 역사에서 발생하는 지히수는 하루 14만 톤에 이르지만 그대로 버려지고 있다. 지하수 일부는 집수정에서 하천까지 전용관로를 통해 흘려보내 하천 건천화를 방지하는 데 사용하고, 역사 청소와 화장실, 도로청소용으로 일부 사용한다.

또 청계천에도 약간의 지하수를 활용한다고 하는데 이용량이 적어 대부분 하수처리장에 버려지고 있다.

부산지하철에는 하루 평균 1만5천 톤의 지하수가 발생하는데 이 중 30% 정도를 재활용하고 있다. 부산지하철 지하구간 물청소는 물론 화장실 생활용수, 역 인근 시민공원 폭포수 용수, 인근 은행건물의 생활용수 등으로 제공함으로써 상수도 요금도 절약하고 환경도 살리는 일석이조(一石二鳥)의 효과를 거두고 있다.

대전지하철에는 하루 8천 톤의 지하수가 발생하는데 현재 10% 정도 재활용하고 있다. 그리고 하천으로 방류되는 나머지 7천여 톤의 지하수를 어떻게 활용해야 할지 다각적으로 연구하고 있으나 주변 환경이 따라주어야 함은 물론이다.

몇 년 전부터 한국이 '물 부족국가'라며 물을 아끼자는 캠페인을 하고 있다. 우리나라 연평균 강수량은 세계 평균의 1.4배로 높은 편인데 인구밀도 때문에 1인당 강수량은 세계 평균의 1/8 수준이어서 '물 부족국가'라고 한다. 그래서 지금처럼 물을 소비하면 20년 후 물 부족에 시달리게 될 것이라고 전망하고 있다. 따라서 버려진 물을 재사용하는 것도 중요하지만 지하철에서 발생하는 깨끗한 지하수가 하수처리장으로 직행하는 것을 방지하는 대안이 더 필요하다.

서울 한강 인공섬에 공원 분수대와 조경용수 활용을 염두에 두고 지하철 건설 시 지하수 공급시설을 구비하고, 대전지하철 건설 시 자체 관로를 매설해 대전 시내 하천 건천화를 방지하기 위한 용수로 지하수를 활용하는 사례처럼, 지하철 건설부터 지하수 유출량을 예측하여 활용 방안을 찾는 것이 매우 설득력이 있어 보인다. 그냥 버리기엔 너무 아까운 지하수를 재활용하는 연구가 더 많이 진행되길 기대한다.

숨쉬는 지하철역

"서울지하철 4호선 회현역입니다. 지하철 환기구 위를 노점 상이 점령했습니다. 바로 옆 환기구는 버스승강장이 됐습니다. 구청 쓰레기통을 쌓아 둔 환기구가 있는가 하면, 아예 주차장으로 쓰는 환기구도 있습니다. 지하로 들어가는 공기가 좋을 리 없습니다. 상인들은 그게 환기구인지조차 모릅니다. 서울지하철 3호선 을지로3가역. 역시 환기구는 상인들이 내놓은 물건들로 꽉 막혀 있습니다. 바로 옆에선 페인트와 시멘트 작업을 합니다. 여기서 나온 먼지는 고스란히 지하로 흘러듭니다."

뉴스 시간에 기자가 고발한 내용이다.

1974년에 개통된 서울지하철역의 몇 군데 환기구는 지상과

높이가 같거나 조금 높게 설치되어 있다. 도로 위에 낮게 설치된 지상 환기구는 그 용도조차 모른 채 침을 뱉거나 담배꽁초를 버리는 쓰레기통처럼 사용되고 있다. 이런 환기구 관리 문제점을 해소하기 위해 인천지하철은 지상 1.5m 높이로 설치함으로써 보다 깨끗한 공기를 끌어들일 수 있도록 설계되었다. 문제는 환기구를 높게 지으면 인근 상가에서 건물을 가린다고 민원이 발생하는 것이었다.

사람이 살아가는 데 가장 필요하고 소중한 것이 깨끗한 공기다. 나무를 심고, 대중교통을 이용하자고 호소하는 이유가 바로 깨끗한 공기를 얻기 위해서다. 최근 웰빙바람을 타고 지상은 물론 지하 공기질에 대한 관심이 높아지면서 지하 역사에 깨끗한 공기를 공급해야 하는 숙제는 더욱 많아지고 있다.

사람들이 하루 종일 숨 쉬듯, 지하 역사도 숨을 쉰다. 들숨과 날숨, 즉 공기를 넣어 줌(급기)과 공기를 빼내어 줌(배기)이 주기적으로 반복되는데, 공기를 넣어 주고 빼주는 것을 '환기'라고 부르고 역마다 '환기설비'가 잘 갖춰져 있다.

지하 역사 내 공기는 도로변에 설치한 급기탑을 통해 외부 공기를 끌어들여 공급한다. 이렇게 공급된 공기는 지하역에서 공기가 필요한 곳에 분배해 사용하고, 사용한 공기는 다시 배기탑을 통해 외부로 배출한다. 이런 공기 흐름이 저절로 일어나는 것이 아니기 때문에 모든 역에는 공기를 강제로 넣어 주고 빼내

종합관제실 내부 모습

주는 송풍기가 있다.

　인천메트로 전 역사에는 급기탑을 통해 들어온 외부 공기의 오염물질을 제거하기 위해 네 종류의 공기정화시설을 거친다. 외부 공기는 금속망으로 만든 '데미스터'라는 필터를 지나 부직포로 만든 '오토필터'와 '여재정전식 필터'를 거친 후 마지막으로 조그만 먼지가 서로 뭉쳐 큰 먼지가 되어 날아다니는 날림먼지를 막고 바닥에 가라앉게 하는 '대전미립자중성화장치'를 지나야 우리가 지하에서 들이마실 수 있는 깨끗한 공기로 바뀐다.

　오염물질 중 인천메트로에서 가장 관심을 쏟는 것은 '미세먼지'다. 역마다 '미세먼지 자동측정기'를 설치해 실시간으로 파악되는 미세먼지농도와 환기를 연계하는 시스템을 구축했다.

　그때그때 미세먼지농도에 따라 환기량을 조절하여 '다중이용시설등의실내공기질관리법'에 제시된 미세먼지와 이산화탄소 등 오염물질 농도가 법정 기준치에 못 미치도록 집중관리하고 있다. 지상에 모습을 드러내고 있는 환기탑에 무심코 담배꽁초를 버리면 자칫 환기구에 화재가 발생하여 전동차를 멈추게 하거나 고객들이 대피하는 위험한 상황이 발생할 수 있다.

　또 지상 환기탑에 오염물을 버리거나 물건을 쌓아 두면 그 피해는 우리에게 돌아오게 된다. 지하에서 생활하는 우리 건강을 지키기 위해 지상 환기구를 잘 관리하여 깨끗한 공기를 공급하는 것, 이보다 중요한 것은 없다.

자전거도 지하철 타게 해 주세요

자전거가 새로운 레포츠로 자리매김하면서 자전거를 들고 지하철을 이용하겠다는 사람들도 늘어나고 있다.

부피가 작은 접이식 자전거도 있고, 자전거로 역 주변을 투어 하려는 사람들도 많아져 다른 고객에게 피해를 주지 않는 시간대에 자전거 휴대를 허용하고 있다.

나는 늦깎이로 자전거를 배웠다. 왕초보 시절 어쩌다 만나는 직선 자전거도로가 얼마나 반가웠는지 모른다. 가끔 도로에 거북이걸음을 하는 자동차들이 있을 때 자전거도로를 씽씽 달리면 신난다. 또 코스모스가 흐드러진 가을 길을 달리며 자전거야말로 환경과 건강을 챙길 수 있는 최고의 선물이라는 확신을 가졌다.

자전거와 지하철의 만남은 완벽한 연계 수송수단이다. 때마침 부산에서 무료 환승 자전거를 운영한다는 뉴스가 들려왔다. 부산시는 노포동역과 금정체육공원을 잇는 1.27km를 자전거·보행자 겸용도로로 새로 정비하고 부산경륜공단은 노포동역에서 금정체육공원으로 가는 사람들을 위해 40여 대의 무료 환승 자전거를 비치했다. 또 금정체육공원에 자전거문화체험관을 만들어 시민들에게 자전거 생활화를 유도하기 시작했다.

인천에서는 민간단체와 인천광역시가 함께 '지구의 날' 행사를 개최하면서 지구를 사랑하고 환경을 보호하자는 취지로 어린이부터 어른까지 참여하는 다양한 자전거타기 행사를 개최했다.

지구온난화 문제는 전 세계가 함께 풀어야 하는 숙제다. 환경부 자료에 따르면 자가용 1대가 1년 동안 1km를 운행할 때마다 0.23kg의 배기가스가 배출된다고 한다. 현재 인천시에 등록된 자가용은 60만 대가 넘으니 1km를 운행할 때마다 연간 140여 톤의 배기가스 물질이 배출되는 셈이다.

교통이 혼잡하기로 유명한 뉴욕 등 대도시는 자전거정책국을 두고 자전거 보관대 증설과 지속적인 자전거도로 확충은 물론 자전거를 가지고 버스와 기차 등 대중교통을 이용할 수 있도록 허용하고 있다. 뉴욕시 교통국장은 "자전거는 대기오염을 줄이고 이용자에게는 새로운 형태의 골프"라고 말했다.

일본의 대도시나 복잡한 하카다 거리는 건물마다 자동차

주차장은 없어도 자전거 주차장은 꼭 설치한다고 하니 나날이 발전하는 국제도시 인천도 환경과 교통문제 해결 대안으로 자전거는 중요한 교통수단임이 분명하다.

자전거 이용은 건강과 환경을 지켜 주고, 가계와 국가경제에 보탬이 될 뿐 아니라 교통량 감소라는 일석사조의 효과를 거둘 수 있다. 여가나 레저, 건강을 위한 운동수단 위주로 이용되어 오던 자전거를 단거리 교통수단으로 활용하고 대중교통과 연계하는 방안이 필요한 이유다.

1995년 이탈리아에서 시작되어 세계적으로 큰 반향을 일으켰던 슬로 치타(슬로 시티, 느림과 여유의 문화로 지역을 가꾸는 것)처럼 우리도 느림의 미학을 자전거 타기에서 느껴 보면 좋겠다. 다행히 지금은 공휴일에 한해 자전거 휴대승차가 허용되고 있다.

가죽손잡이 운동

"○○행 열차 ○○칸 광고가 찢어져 있으니 조치해 주세요."

"○○역 하선 승강장 바닥에 오물이 떨어져 있으니 치워 주세요."

"○○열차 내 안내방송이 잘 안 들리니 확인해 주세요."

"○○역 화장실 형광등 교체해 주세요."

"○○역 커피자판기가 고장났어요."

인천메트로에서 활약하는 40명의 시민모니터가 시시각각으로 알려 주는 메시지다. 시민모니터의 감시는 주말이나 휴일도 없고, 새벽 5시 30분부터 열차 운행 종료 때까지 이어지고 있다. 모니터들은 자신의 건의가 하나씩 개선되는 것을 보면서 보람을 느끼며 더욱 왕성하게 활동하고 있다.

지금은 많은 공공기관, 업체는 물론 자치단체에서도 모니터를 선발 운영하며 고객의 소리에 귀를 기울이고 있는데, 국내 최초로 모니터제도를 실시한 곳은 신세계백화점이다. 1979년 8월이니 당시 생활수준을 볼 때 모니터라는 일이 백화점 이용이 쉽지 않은 대다수 사람들에게 생소했을 것 같다.

하지만 그 시절 선진국에선 이미 지하철의 문제점을 시민의 힘으로 고쳐 나가려는 노력이 시작되었고, 그 중 미국 뉴욕시의 '가죽손잡이 운동(Straphangers Campaign)'은 규모와 성과에서 주목할 만하다.

1979년 스프레이 벽화가 뉴욕지하철을 뒤덮고 전동차 화재와 탈선사고가 역대 최고였을 때, 시민단체는 전동차에 매달린 가죽손잡이에서 이름을 따와 이용객 서비스 개선을 위해 이 운동을 주도했다. 목적은 시민의 개선 요구를 시당국의 정책에 반영해 양질의 서비스를 이끌어 내는 것이었다.

이를 위해 지역별 소모임을 만들고 각종 설문조사와 연구를 통해 시민들이 원하는 바를 반영하도록 했으며, 매스컴을 활용하여 시의 막대한 예산을 대중교통 분야 개선에 사용하게 했다. 그 결과 정기승차권 할인제도는 물론 버스와 지하철 무료 환승 제도 등의 성과를 올렸고, 폐쇄 직전까지 갔던 부르클린 노선과 브롱크스역을 되살렸다고 한다.

이밖에 롱아일랜드 철도통근자회의, 시애틀 안전교통시민패널의 활동도 눈부시다. 일본 도쿄에서는 지적된 문제와 처리 내용을 공시하도록 하는 조례까지 제정되어 있다고 하니 그야말로 시민의 뜻을 받아들이지 않을 수 없는 시스템이다.

우리나라는 2000년대 들어서야 고객만족에 대한 질적인 변화가 시작됐다. 시민의 의견을 전달하기 가장 어렵다는 사법부는 2003년 '시민사법모니터제도'를 운영, 시민들로부터 재판절차나 사법제도 등 법원 운영에 관한 문제점을 직접 듣고 개선하기 시작했다. 검찰청도 시민과 지역사회와 함께 하는 검찰이 되겠다며 '검찰행정시민모니터'를 운영하고 있다.

2006년에는 전국 경찰관서 중 최초로 '시민모니터제도'를 도입한 인천지방경찰청 역시 시민들이 경찰이 주민을 대하는 자세와 민원업무처리 등을 평가함으로써 치안서비스 향상에 기여하고 있다. 그밖에 아동의 안전을 지켜 주는 골목모니터, 강의 수질을 감시하는 모니터 등 시민들의 참여는 계속 늘고 있다.

고객들은 이제 눈으로만 보고 개선을 요구하는 것이 아니라 미리 체험하고 직접 참여하는 등 적극적 행동을 보이고 있다. 앞으로 기업 운영의 성공은 컨슈머(소비자), 그린슈머(친환경식품 소비자) 등 슈머정책에 달려 있는데, 시장을 감시하고 끊임없이 개선을 요구하는 시민의 목소리를 얼마나 빠르게 반영하는지가 관건이다.

현재 인천메트로에서 운영하는 시민모니터제도는 승객들의 불편과 제안사항을 빠르게 파악하고 개선 방안을 찾음으로써 홍보효과가 크고 비용 대비 효율성이 높다. 시민모니터들은 고객의 편의를 위해, 그리고 불편을 해소하기 위해 직원의 친절 및 불친절 사례 등을 빠르게 개선하고 변화시키고 있다.

이제 교통문화 개선은 시민에 의한 시민을 위한 관심과 참여가 중요하다. 점점 전문화되어 가는 시민모니터들이 함께 있어 고객만족 실현은 매우 희망적이다.

역세권의 힘

굴현차량기지 주변은 지하철 건설 당시에는 논과 밭뿐이었는데 지하철 개통과 더불어 가장 많이 변모한 곳이다.

전동차 종합병원인 굴현차량기지에는 300여 명의 직원들이 교대로 밤낮없이 전동차를 둘러보고 점검하는 곳으로 부지면적만 222,376m²(6만7천여 평)에 이른다. 지상에 차량기지를 만들기 위해 넓은 부지를 확보해야 했고 이를 위한 토지보상업무는 반드시 해결해야 할 과제였다.

예측은 했지만 오랜 세월 굴현동에서 농사를 지어 온 주민들을 설득하여 보상합의를 이끌어 내는 일은 쉽지 않았다. 또 당시 굴현동을 찾아가는 데도 교통이 불편하여 담당직원들이 무척 애를 먹었다.

넓은 토지를 일시에 수용하는 토지보상작업은 3년이란 세월이 흐른 후 300여 건에 달하는 합의서가 모아지면서 종결됐다.

보상이 종결된 어느 날 사무실 마당에 알로에를 가득 실은 트럭 몇 대가 들어왔다. 토지보상 합의를 마친 한 분이 오랫동안 키워 온 알로에를 모두 파내야 하느냐며 안타까워하자 직원들이 팔아주겠다고 나선 것이다. 나도 홀가분한 마음으로 알로에 세 개를 구입했다.

이렇게 보상업무는 끝났어도 귤현동 주민들과의 인연은 계속 이어졌다. 주민들은 귤현차량기지가 완공되어 갈 무렵 자신들의 분신과 같은 귤현에 차량기지만 들어서고 지하철역이 없다고 호소하였고, 그 의견을 받아들여 인천지하철 개통 두 달 후 지금의 귤현역이 추가 개통되었다.

지하철 건설 당시 이 지역 토지보상업무를 맡았던 한 직원은 이렇게 회고했다.

"자신이 가꾸어 온 농작물을 하염없이 바라보던 주민들이 생각나요. 그들 중 선인장을 키우는 분이 있었는데 감정가가 다른 땅보다 두 배가량 높게 책정되는 바람에 다른 주민들의 불만이 컸어요. 이런 개개인을 설득하는 게 너무 힘들어 중간에 포기하고 싶었는데, 이 일에 매달려 꼬박 3년을 보냈어요. 가끔 오가며 귤현동이 달라진 모습을 보면 정말 감회가 남다릅니다."

굴현동은 옛날 '굴나무가 있는 고개' 라 해서 '굴재' 라고 불렀다. 사람들은 굴곡지고 구부러진 이 고개를 넘어 행주나루를 건너 서울로 들어갔다고 한다. 인천의 끝자락이면서 서울과 가장 가까운 굴현동은 지하철 건설 당시 계양구 총세대수의 0.5%도 안 되는 가장 작은 동네였는데 지금은 계양1동에 속하면서 계양구 11개 행정동 중 4위로 뛰어올랐다.

넓은 부지만큼이나 수많은 사연을 안고 완공된 굴현차량기지는 개통 이후 지금까지 전동차와 시설들을 돌아볼 수 있는 견학 장소로 개방하고 있다. 또 유휴지에 어린이 자연학습장을 조성해 주말농장으로 활용하도록 배려해 어린이와 학생들이 즐겨 찾는 명소가 되었다.

인근 계양역이 공항철도와 환승되면서 교통이 더욱 편리해졌고 대한민국 최초 운하인 경인아라뱃길 여객터미널이 2011년 10월경 완공되면 굴현동은 더욱 발전할 것이다. 상전벽해(桑田碧海)의 기적을 이룬 굴현차량기지의 어제와 오늘은 역세권의 힘을 잘 보여 주고 있다.

사라져 가는 풍경, 승차권과 집표원

열차가 역에 들어올 때마다 집표원들이 게이트에 지키고 서서 승차권을 일일이 수검하던 때가 있었다. 그 시절 승차권을 살 여력이 없던 서민들이 집표원의 눈을 피해 위험한 숨바꼭질을 하던 사연들만 남아 지금도 마음을 아련하게 하곤 한다.

그 많던 집표원들은 80년대 후반 사라졌고, 2009년 5월 종이승차권도 사라졌다. 전자시스템 발달로 교통카드 이용자가 급증하고 무인매표소 운영이 보편화되면서 종이승차권의 기능이 사라졌기 때문이다.

승차권제도가 처음 도입되었을 때 적용된 운임제도는 이동거리만큼 지불하는 '거리제'였다. 그러나 서울2호선, 즉 순환선이 개통되면서 이동거리만큼 운임을 적용하는 것이 불합리해지자 '구역제'라는 새 운임제도가 탄생했다.

그 후 계속 확장되는 철도망과 이용객의 증가는 운임전산화 시대를 앞당겨 열차가 들어올 때마다 게이트를 지키던 집표원들이 서 있던 자리는 교통카드 단말기가 대신하고 있다.

운임전산화 도입 전 80년대 중반, 서울지하철에는 '회수권'이라는 종이승차권이 있었다. 이 승차권은 기본구간 10회권을 미리 구입하면 한 장을 보너스로 주어 11번 사용할 수 있었다. 버스회수권처럼 필요할 때 한 장씩 사용하면 되고, 한 장을 덤으로 주니 교통비를 아끼려는 학생들에게 매우 인기가 많았다. '회수권' 역시 오래가지 못하고 운임전산화와 함께 역사 속으로 사라졌다. 그러나 회수권은 이후에 등장하는 정액승차권에 10~20%의 보너스를 주는 데 기여했다. 1986년부터 사용되던 일반정액권, 학생정액권 역시 사라지고 교통카드로 대체되었다.

또 1984년 전두환 대통령 시절, 2호선 완전 개통 이후 '노인에게 무임승차권을 발부하라'는 지시와 함께 우대권이 처음 생겼는데, 우대권 역시 '우대용 교통카드'로 대체되었다.

1899년 개통한 우리나라 최초 철도 경인선. 당시 제물포와 노량진을 편도 운행한 경인선은 철도종사원 119명, 차량은 증기기관차 4대, 객차 6량, 화차 28량이 전부였다. 증기기관차에 객차 3량을 연결하여 달리다 보니 1시간 40분 소요되었고, 그나마

1일 1회 왕복 운행이 전부였다. 운임은 폐쇄적 사회와 신분차별이 있던 때라 외국인 전용 1등석은 1원50전, 내국인용 2등석은 80전, 여자들이 주로 이용하는 3등석은 40전이었다.

이후 경제발전에 따른 화물량 증가와 운행시간 단축을 위하여 경인선은 1965년 9월에 복선화되어 30분마다 운행함으로써 시민들의 통근난과 통학난을 덜어 주었다. 그럼에도 늘어나는 교통수요를 감당할 수 없자 전철화 사업을 시작하여 1974년 8월 수도권 전철시대를 열었는데, 이때 기본운임은 30원이었다. 1980년 10월, 신설동부터 종합운동장까지 2호선 1단계 11개 역이 개통되었을 때 기본운임이 100원이었으니 6년 만에 3.3배 오른 셈이다.

1999년 인천지하철 개통 당시 기본운임은 500원, 2011년 현재 기본운임이 1,000원이니 12년이 지났어도 2배 오른 셈이다. 110여 년 전부터 인천의 애환을 싣고 60년간 달려온 증기기관차는 디젤기관차에게 자리를 물려주고 현재 철도박물관에 전시되어 있다. 디젤기관차도 전기기관차에 밀려 박물관에 전시될 날도 머잖아 보인다. 다양한 승차권도 교통카드로 대체되어 이젠 철도박물관에서나 볼 수 있는 귀한 물건이 되었다.

종이승차권과 함께 매표원도 집표원도 함께 역사 속으로 사라졌지만, 직원들을 찾는 고객의 소리는 계속 이어지고 있다.

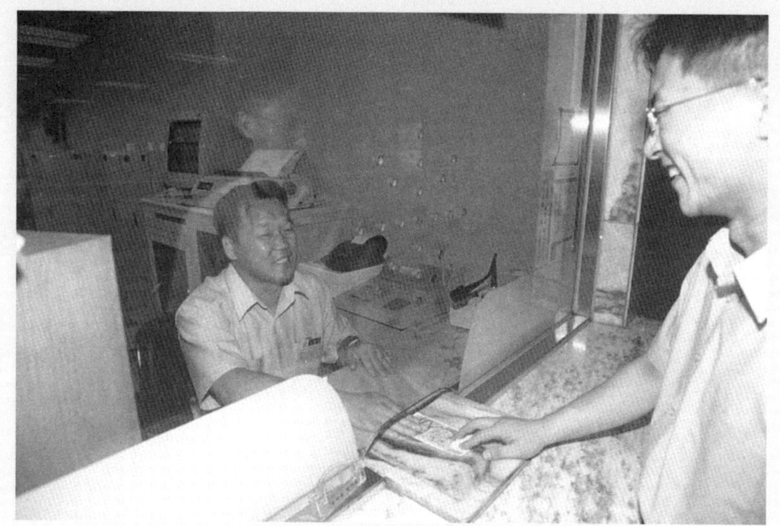

매표원의 모습도 이젠 사라진 풍경이다.

안테나, 소리 없는 일꾼들

해외에서 돌아와 가장 먼저 뉴스를 접하는 곳은 공항철도 객실 내 모니터다. 그동안 무슨 일이 있었는지 한눈에 알 수 있는 실시간 뉴스 속보 방송 때문에 피곤함을 잊고 모니터에서 눈을 떼지 못한다.

우리 라이프스타일을 빠르게 바꾸고 그 편리함을 미처 느끼기도 전에 더욱 앞서가는 통신설비는 사람들이 북적이는 지하철역에서도 그 빛을 발하고 있다. 오가는 열차와 손님들로 항상 북적이는 승강장과 대합실에서 우리를 위해 분주히 움직이는 것이 있으니 바로 안테나다. 안테나(antenna)란 특정 영역대의 전파를 송신하거나 수신하기 위한 변환장치를 말한다.

우리가 지하 20m 깊이의 승강장에서 휴대전화로 통화를 하고, DMB를 즐기고, 또 무선인터넷을 할 수 있는 것은 모두 안테나 덕분이다. 우리 음성이나 문자메시지 같은 데이터들을 전파에 빠르게 보내 주고 받는 안테나야말로 정말 필요한 숨은 일꾼이 아닌가.

지하철에는 어떤 종류의 안테나가 있을까. 먼저 휴대전화용 안테나, DMB용 안테나, 와이브로용 안테나가 있고, 전동차 운행을 위한 열차무선용 안테나(기관사들과 관제실 간 통화를 위한 안테나), 지하재방송용 안테나(지상에서 수신한 라디오방송을 다시 지하로 송신하는 안테나), 페이징폰 안테나(직원이 안내방송을 할 때 사용하는 무선전화기용 안테나)가 있다.

고객 편의를 위한 '휴대전화용 안테나'는 무선데이터 속도와 주파수가 각기 다른 세 종류의 안테나가 있고, 'DMB용 안테나'는 지상파용, 위성용이 있다. '휴대전화용 안테나'는 알다시피 SK와 KTF 휴대전화는 서로 다른 주파수대의 전파를 사용하기 때문에 각각의 영역에 맞는 안테나가 필요하다. 게다가 하나의 안테나가 커버하는 영역이 제한되어 있어 지하철역처럼 전파장애물이 많은 곳에는 더 많은 안테나가 설치돼야 한다.

그 많은 안테나는 어디에 있는가. 바로 천장이다. 천장 속이 아니라 천장 밖, 그러니까 우리가 볼 수 있는 가까운 곳에 있다. 역 대합실이나 승강장 천장에 깔때기 모양의 작은 플라스틱 같은 것이 여러 개 부착되어 있는데, 이들 대부분이 안테나다. 인천 메트로의 경우 한 역사에 수십 개가 넘는 안테나가 있고 지하철 이 다니는 터널 내에도 있다.

전동차 운행에 필요한 '열차무선용 안테나'와 '지하재방송용 안테나'는 다른 안테나와 달리 특이한 모양을 하고 있다. 양쪽 승강장 사이에 선로에 가림막처럼 막아선 큰 기둥의 윗부분에 시커멓고 굉장히 두꺼운 케이블이 길게 걸쳐 이어져 있는데, 이 것이 안테나다. 특이하게 생긴 이 안테나를 '누설동축케이블' 이라고 한다. 동축케이블 외부 도체에 일정한 간격으로 홈을 만 들어 미약한 전파를 발생시키기 때문에 케이블 자체가 안테나 역할을 하고 있다. 승강장 어디에서나 볼 수 있는 이 케이블이 전선이 아니라 안테나란 것이 매우 신기하다.

2006년 인천메트로는 우리나라는 물론 세계 최초로 지하철 내 지상파 DMB 시대를 열었다. 열차 안에서 끊김 없이 깨끗하 게 영상서비스 되는 DMB를 보면서 많은 사람들이 얼마나 즐거 워하고 신기해 했던가.

이젠 누구에게나 필수품이 되어 버린 휴대전화 사용을 위해 지금 이 순간에도 지하철역에서는 수많은 안테나들이 소리 없 이 분주히 움직이고 있다. 땅속 깊은 곳에서조차 문명의 이기를 즐길 수 있는 과학기술의 최첨단 집약체, 그 안테나를 느끼지 못하지만 그것은 항상 우리와 함께 하고 있다.

공공기관의 파트너, 경찰

영국에서 일 년간 머물렀을 때 어디서나 짝을 이뤄 마을을 순찰하는 경찰들을 쉽게 볼 수 있었다. 영국 경찰이 뛰면 주민들은 무슨 일이 있나 두려워하기 때문에 그들은 답답해 보일 만큼 천천히 걸어다녔다.

그런 영국 경찰이 주민들에게 신뢰받는 이유를 보니, 누구와 마주쳐도 먼저 웃어 주는 친근감, 그들을 만나면 안심이 된다는 편안함, 그리고 지역을 가장 잘 알고 빠르게 대응하는 순발력 등이었다. 지역 주민들 사이에 친근감과 신뢰감으로 자리매김한 경찰이 무척 부러웠다.

경찰서 가면 큰일이 있는 양 두려웠던 까닭에 절대 경찰서에

갈 일이 없을 것이라 장담했던 나는 인천터미널역장 시절 이런 저런 인연과 민원 때문에 그곳에 네 번이나 다녀왔다. 처음 경찰서 문턱을 넘던 날 무척 긴장했던 것이 생각난다.

처음 경찰서를 찾게 된 것은 VIP가 참석하는 인천지하철개통 식장을 점검하러 역에 자주 왔던 한 경찰이 내게 서비스 교육을 부탁해서였다. 강당에서 하는 거창한 강의가 아니고 한 부서 팀원을 대상으로 한 강의였다. 그런데도 경찰서장은 일부러 나를 만나 앞으로 시민들에게 더욱 친절히 봉사하겠으니 서비스 교육을 잘 해 달라고 당부했다. '우리 경찰도 부드럽다, 달라졌다' 는 생각에 적지 않은 감동을 받았다.

두 번째 방문은 직원 표창 건이었다. 한 직원이 새벽녘에 역 구내 매점을 털던 범인을 현장에서 잡았는데, 경찰서장이 이를 격려하겠다며 불러주어 기쁜 마음으로 갔다. 공공기관과 경찰의 업무 협조가 잘 이루어진 것이라 마음 든든했다.

세 번째 방문은 작은 사건 때문이었다. 술 취한 고객이 사무실까지 들어와 내게 욕을 하자 지켜보던 직원이 그에게 손찌검을 한 것이다. 신고를 받고 급히 경찰이 출동했는데, 고객이 합의를 거부해 직원이 경찰서로 이송됐다. 나도 함께 경찰서로 갔다. 이번에는 경찰서장실이 아닌 조사실이었다. 조사실 옆 철창 안에 갇혀 있는 직원을 보니 마음이 아팠다. 선처를 호소했지만 고객이 합의를 해 준 뒤에야 함께 경찰서를 나올 수 있었다.

네 번째 방문은 직원의 교통사고 때문이었다. 퇴근하던 직원이 사거리 코너에 있는 사람을 발견하지 못해 사고가 나는 바람에 파출소에서 1차 조사를 받은 후 경찰서로 이송됐고, 나는 또 경찰서 조사실에서 직원이 조사받는 과정을 지켜보아야 했다. 조사과정을 지켜보는 것은 너무 긴장되고 괴로운 일이었다.

선거 때, 파업 때, 월드컵 응원 때, 경찰들은 어김없이 역을 찾아 안전상황을 점검하고 주·야간 구분 없이 소매치기나 잡상인 단속 등 역 구내 사건 해결을 위해 한걸음에 달려와 주었다.

취객이나 잡상인이 늘고 있는 요즈음은 경찰의 도움과 협조는 절대적으로 필요하다. 공공질서를 위해 꼭 필요한 경찰. 시민과 고객들에게 친근한 경찰로 다가오면 더욱 좋겠다.

메트로 라이프

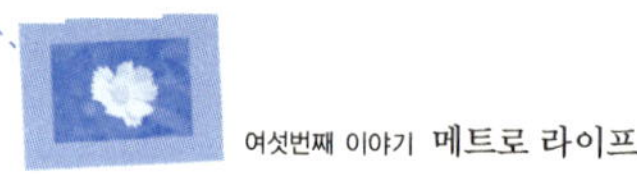

몇번 출입구에서 만날까요?

80년대 대학 시절, 학생들의 만남의 장소는 '종로서적 앞'이었다. 교통 좋고 먹을 곳, 볼 곳이 많아서였겠지만 그곳을 지날 때면 휴대전화가 없던 그 시절에 매번 똑같은 장소에서 만나던 친구들이 떠오르곤 한다.

지금은 모두 휴대전화를 갖고 있고 지하철이 그물망처럼 연결되어 있어 굳이 한 장소를 고집하지 않아도 쉽게 만날 수 있다. 따라서 만남의 장소는 '○○역 ○번 출입구'로 바뀌었다. 청첩장이나 각종 전단지에도 역 출입구 번호는 빠지지 않는다. 이제 출입구는 만남의 장소요, 출입구 번호는 아무리 복잡한 서울 길이나 초행길도 누구나 쉽게 찾을 수 있는 길라잡이가 되었다.

그렇다고 수많은 출입구 번호를 암기할 필요는 없겠으나 그 번호는 어떻게 정하는지 궁금하지 않을까 싶다.

수도권 지하철은 호선마다 출발역이 있다. 역 출입구 번호는 출발역에서 운행 방향을 기준으로 맨 뒤 왼쪽 출입구를 1번으로 하여 시계방향으로 번호가 매겨진다.

예를 들면 서울1호선 출발역은 서울역, 그곳에서 청량리역 방면을, 순환선인 2호선 출발역은 시청역, 그곳에서 동대문운동장역 방면을, 3호선은 대화역을 기준으로 지축역 방면을, 4호선은 남태령역을 기준으로 당고개역 방면을 기준으로 맨 뒤 왼쪽 출입구를 1번으로 정하고 시계방향 순으로 번호가 부여되어 있다.

그러나 예외는 어디에나 있는 법이다. 1·4호선이 환승되는 서울역은 출입구가 모두 14곳이지만 출입구 번호는 호선 구분 없이 먼저 건설된 1호선의 1번 출입구를 기준으로 시계방향으로 부여되어 있다. 인천지하철 환승역인 부평역도 같은 방식이다.

또 1·3·5호선이 환승되는 '종로3가역'과 2·3호선이 환승되는 '교대역' 출입구 번호도 독특하다. '종로3가역'에는 '2-1번 출입구'가 있다. 기존 출입구 사이에 다른 출입구가 추가로 생기면서 번호가 부여되었기 때문이다. 또 2호선 '교대역'은 나중에 개통된 3호선 때문에 출입구 번호 순서가 바뀌어야 했지만, 기존 출입구 번호를 바꾸면 혼란이 생긴다며 주변상가들이 반대해 기존번호는 그대로 둔 채 추가번호를 부여하는 바람에 시계방향 법칙이 적용되지 않았다.

29개 역에 136개의 출입구를 가진 인천메트로 역시 계양역을 출발역으로 하여 역마다 맨 뒤 왼쪽 출입구를 1번으로 정한 후 시계방향으로 번호를 부여하였고, 대전지하철 역시 반석역을 출발역으로 하여 같은 방식으로 번호를 부여했다.

그러나 대구지하철 출입구 번호는 '반시계방향'을, 부산지하철은 시계방향도 반시계방향도 아닌 '상하 홀짝수 방식'을 적용하고 있다. 부산지하철의 경우 수도권처럼 출발역을 기준으로 맨 뒤 왼쪽 출입구를 1번으로 하는 것은 같으나 모든 왼쪽 출입구에는 1·3·5 등 홀수번호를 부여하고, 오른쪽 출입구에는 2·4·6 등 짝수번호를 부여했다.

그러다보니 '서면역'은 출입구가 14곳-왼쪽 8곳(홀수 15번까지), 오른쪽 6곳(짝수 12번까지)-이지만 '14번 출입구'는 없고 '15번 출입구'가 있다. 마찬가지로 '자갈치역 출입구'는 9곳-왼쪽 4곳(홀수 7번까지), 오른쪽 5곳(짝수 10번까지)-이지만 '9번 출입구'는 없고 '10번 출입구'가 있다. '덕천역'은 '11번 출입구'가, '해운대역'은 '6번 출입구'가 없다.

현재 서울에는 1,500개에 달하는 출입구가 있는데 97%가 복잡한 도로에 있어 통행에 불편하고 미관상 좋지 않다는 지적이 꾸준히 제기되어 왔다. 서울시는 보도 위에 설치된 출입구와

환기기설을 인접한 건물 안으로 옮기고 역 주변에 건물을 새로
지을 때 지하철 출입구를 의무적으로 설치하도록 추진하겠다
하니 출입구도 새롭게 변화할 것 같다.

출입구 번호 부여 방식은 기관마다 조금씩 다르지만 출입구
번호가 우리 생활에 꼭 필요한 소금 같은 존재가 된 것은 전국
적인 현상으로 보인다.

"몇번 출구를 가려면 어디로 가야 하나요?"라고 묻는 손님들
의 수가 그 유인성, 편리함, 생활화를 잘 보여 주고 있다.

역이름 탄생과 뒷이야기

역이름은 어떻게 만들어지는가.

인천시는 1993년 인천지하철 1호선 건설 밑그림이 완성되자마자 역이름을 제정하는 절차에 들어갔다. 1년여에 걸쳐 역세권 주민들로부터 적정한 역이름을 추천받아 심의위원들의 심의를 거쳐 1994년 관보에 고시했다. 역이 만들어지기도 전에 이미 이름표가 붙은 것이다.

그 후 6년여의 건설기간 동안 역세권은 빠르게 변모했다. 그러다보니 개통이 임박했을 때 기존 역이름과 어울리지 않는 곳이 있는가 하면, 역세권 주민들이 역이름에 많은 관심을 보이면서 갈등이 생기기도 했다. 역세권 변화로 역이름이 바뀐 곳은

‘부평구청역’. 건설 당시 인근에 ‘북구청역’이 있었지만 급격한 인구 증가로 1995년에 북구가 계양구와 부평구로 분구되면서 ‘북구’라는 명칭은 사라졌다. 또 부평구청이 신청사를 옮겨 짓는 바람에 자연스레 ‘부평구청역’이 신설되었고 사라진 ‘북구청역’은 ‘부평시장역’이 되었다.

주민들 사이에 가장 논란이 된 역은 ‘동수역’이다. 처음 역이름을 추천할 때 주민들이 압도적으로 추천한 이름은 ‘삼능역’이었다. 일제강점기에 이곳에 미쓰비시 공장과 사택이 있어 ‘삼능’은 매우 인지도가 높은 역이름이었으나, 당시 동정자문위원회에서 일제의 잔재인 ‘삼능’을 역이름으로 사용할 수 없다고 반대 입장을 밝혔다. 그리하여 역이름 확정 전에 ‘삼능역’은 사라졌고 대신 이 지역이 동수동으로 불리던 점을 들어 ‘동수역’으로 정해졌다.

그러나 5년이 지난 후 개통을 앞두고 동정자문위원회는 이 지역은 동수가 아니라며 지역 주민에게 익숙한 ‘삼능역’으로 해 달라고 요청했다.

아이러니하게도 같은 단체에 의한 역이름 변경 주장은 설득력이 떨어지고 명분도 없어 ‘삼능역’은 논의도 해 보지 못하고 사라졌다. 또 지금 사용 중인 ‘부평삼거리역’. 삼능만큼이나 주민들의 인지도가 높은 거리명이었는데, 지하철 개통을 앞두고 이곳이 사거리로 확장되면서 ‘삼거리’냐 ‘사거리’냐를 놓고 논란이 있었다.

또 '부평삼거리역'은 '사거리역' 외에도 역사적인 지명인 '원통역'으로 하자는 의견과 역세권에 위치한 '인천시립묘지역'으로 하자는 의견이 있었다. 하지만 '원통' 역은 어감이 좋지 않다는 이유로, '인천시립묘지역' 역시 역이름으로 부적절하다는 의견이 있어 '부평삼거리역' 명은 지금까지 남아 이름을 유지하고 있다. 현재 지상은 부평사거리로 변했는데도 사람들은 여전히 이곳을 '부평삼거리역'이라고 부른다.

다음은 혜성같이 등장한 '원인재역'. 이곳은 남동구와 연수구의 경계선이어서 적절한 역이름을 찾지 못해 인천의 남쪽이라는 뜻을 가진 '남인천역'으로 정해졌다. 그러나 개통을 앞두고 인천이씨의 시조를 모신 사당 '원인재'를 역이름으로 하자는 의견이 접수되면서 찬반 논란이 있었다.

인천이씨 사당은 개인 것이므로 역이름으로 정당하지 않다는 의견과 인천문화재로 지정된 곳인 만큼 역이름으로 해도 무방하다는 의견이 팽팽히 맞섰으나 상징성이 높다는 평가를 받아 '원인재역'이 탄생하였다.

이 외에 인천을 대표하는 '남동공단역'이 있어야 한다는 건의도 있었으나 공단지역이 너무 넓고 커서 어느 한 곳을 역이름으로 정하기 어렵고 이용고객들이 더 헷갈릴 수 있다는 우려가 있어 안내방송을 하는 것으로 결정되었다.

지하철과 함께 태어난 역이름은 우리의 만남과 대화, 광고에
도 빠지지 않는 가장 중요한 브랜드이자 자산이다. 지금도 역이
름을 둘러싸고 발생하는 갈등을 보면 역이름이 일상 속에서 얼
마나 중요한지 생각하게 한다.

신호업무 야간현장체험

최근 광명역 KTX 탈선사고의 원인이 신호분기기라며 책임 규명에 앞서 의견이 분분하다. 철도종사자 입장에서는 사고소식도 원인 규명도 중요한 관심거리가 아닐 수 없다.

지금까지 사무분야에서 일해 온 나는 기술업무 중에서도 가장 생소한 신호업무 야간체험을 한 적이 있다. 사장 이하 팀장급 이상이 모두 참여하는 체험행사였다.

서울·부산·대구·인천 등 전국적으로 지하철 건설이 한창이던 1990년대 중반 지하철기관 인사담당자들은 신호분야 전문가를 초빙하기가 가장 어렵다고 호소하곤 했었다. 도대체 신호인들이 하는 일이 무엇이길래.

추위가 기승을 부리던 12월, 나는 저녁 6시에 출근해 이튿날 아침 9시까지 신호분야 야간근무자들과 함께 동행했다. 꼬박 밤을 샌다는 것이 부담스러웠지만 눈을 크게 뜨고 신호인들이 어떤 일을 하는지 지켜보기로 했다.

신호부에서는 선로의 교차점(분기기라 부른다)이 있는 지점에서 열차가 어느 길로 가야 하는지 조작해 줌으로써 열차가 안전한 길로 갈 수 있도록 안내하는 일을 한다. 분기기는 주로 선로가 많아지는 역이나 차량기지 입구 그리고 운행 종료 후 열차가 주박하기 위해 확장된 선로에 설치되어 있다.

신호가 없다면 열차는 교차지점에서 어느 길로 가야 하는지, 열차 차고지까지는 어느 길로 가야 하는지, 맞은편에서 열차가 오고 있는지 알 수 없기에 신호의 중요성은 따로 설명이 필요없었다.

신호부 직원들은 열차가 다니는 시간에는 관제실과 연계해 열차가 제 길로 잘 다니는지 모니터를 통해 감시하고, 열차 운행이 종료된 후에는 직접 교차점의 분기기를 돌며 기기 이상 유무를 매일 점검한다. 특히 선로가 많아지는 차량기지 분기기는 지상에 노출되어 있어 눈이라도 오면 교차지점 선로가 얼어붙을까 눈을 계속 치워야 한다.

열차가 운행되는 동안 차량기지 인근 박촌역과 계양역 신호 모니터를 모두 확인하고 돌아온 세 명의 신호 직원은 밤 10시가

넘자 빵과 컵라면 등 간식을 먹고 곧 시작할 야간작업 준비를
단단히 했다.

열차 운행이 종료된 밤 1시 30분, 직원들은 완전무장을 하고
분기기 앞으로 출동했다. 한낮에 잠시 포근해도 그들이 본격적
으로 일하는 밤이 되니 황량한 차량기지의 겨울바람이 더욱 차
가웠다. 인적이 없어 더 그렇게 느껴졌다.

작은 모터카를 타고 인근 역까지 가서 터널 내 선로를 따라
200여 미터를 걸어 들어가니 분기기가 있었다. 터널 내부가 어
두워 주어진 시간 내에 분기기를 정확하게 점검하기 위해서는
손전등을 비춰 주는 직원이 필요했다. 혼자서는 일을 할 수 없
었다. 능숙한 손놀림으로 선로 한가운데에 있는 분기기를 점검
하고 있는 동안 전기, 토목 등 안전점검을 다니는 모터카들이
지나가니 조심하라는 안내방송이 계속 울려 나온다.

그러면 일손을 멈추고 모터카가 지나간 후 다시 하던 일을 계
속했다. 점검해야 하는 분기기는 많은데 이런저런 이유로 일이
지연되고 있었다.

터널에는 눈에 보이지 않는 지하먼지가 있어 분진마스크는 필
수였다. 서로 대화조차 편하게 할 수 없었다. 분기기 점검을 마
치면 열차가 다니는 것을 가상해 선로에 열차 무게만큼의 압력
을 가한 후 점검 사인을 한다. 그리고 다른 분기기로 향한다. 똑
같은 일을 반복하고 사무실에 돌아오니 새벽 4시 반이었다. 잠시

신호체험 모터카 안에서

후에는 새벽 열차운행 상황을 모니터로 지켜봐야 했다. 신호는 열차가 다닐 때나 안 다닐 때나 잠시도 한눈을 팔 수 없었다.

한 번의 현장체험으로 그들의 일과 삶을 다 알 수는 없지만 밤마다 추위도 아랑곳하지 않고 보이지 않는 곳에서 맡은 일을 완수하고 있는 직원들의 분주한 손길을 느낄 수 있었다. 이렇게 자신이 맡은 분야를 밤새워 점검하는 이들이 있어 우리가 편안하고 안전한 지하철을 이용하는구나 하고 생각하니, 시민의 한 사람으로서 감사하고 직원의 한 사람으로서 뿌듯했다.

반갑다, 스크린도어

안전에 대한 시민들의 요구가 커지면서 설치되기 시작한 첫 스크린도어가 2008년 7월 인천지하철 부평역과 인천터미널역에 모습을 드러냈다. 스크린도어가 설치된 인천터미널역 승강장에는 열차가 들어올 때마다 휘몰아치던 바람도 없어지고 누군가 선로로 뛰어들까 봐 가슴 졸이는 일도 없어졌다.

스크린도어는 승강장 위에 선로와 격리되는 고정벽(스크린)과 가동문(도어)을 설치하고, 차량 출입문과 연동하여 개폐하는 장치로 승강장 안전설비로는 최고다. 스크린도어는 승객의 추락사고를 예방하고 열차 운행 시 생기는 바람과 소음을 90% 이상 막아 주며 먼지를 현저히 줄여 승강장을 쾌적하게 해 준다. 또 여름철에는 냉방공기가 유출되지 않도록 하여 에너지를 절약하고 차량 화재 시에는 승강장으로 화재가 번지는 것을 막는 효과도 있다. 역당 20억이 넘는 비싼 설치비가 단점이다.

스크린도어는 1993년 영국의 템즈 강 남부의 동서를 가로지르는 주빌리선 건설 때 처음 도입되었고, 우리나라는 2004년 광주지하철 개통 때 처음 설치되었다.

2005년 9월 사당역에 설치된 스크린도어는 열차가 운행 중인 노선에 설치한 것으로 국내는 물론 세계 최초로 기록되고 있다. 전동차가 다니는 역 승강장에 스크린도어를 설치하는 것은 새로 짓는 역과는 달리 안전에 세밀한 주의가 필요한 작업이다.

스크린도어는 밀폐형, 반밀폐형, 난간형, 로프식이 있다. 밀폐형은 주로 지하 역사에 설치되며 선로 공간과 승강장 공간을 완전 분리한다. 따라서 열차풍 차단과 분진 제거, 지하 역사 내의 온도 조절에 효과가 크다. 대부분의 지하역에 설치된 유형이다.

반밀폐형은 선로와 승강장이 분리되지 않고 윗부분이 뚫려 있는 형태로 보통 승강장 윗부분을 막을 수 없는 지상 역사에 설치된다. 경인전철역과 인천메트로 계양역에 설치된 유형이다.

난간형은 밀폐형 높이의 절반보다 낮은 문이 날린 형태로 밀폐형에 비해 설치비가 싸지만 열차풍 차단 등의 효과는 없다. 예전에 경인선 신길역에서 시범운영을 하였으나 반밀폐형으로 바꾸었고, 현재 서울 강변역과 건대입구역에 설치되어 있다.

로프식은 위아래로 줄이 움직이면서 승강장과 열차 사이를 막는 것으로 설치비가 싸고 유지비도 적게 든다. 광주지하철 녹동역에서 최초로 시범 설치하여 운영 중이다.

우리나라 최초로 모든 역에 스크린도어를 완비하여 개통한 노선은 2005년 11월에 개통된 부산지하철 3호선이다. 이후 2006년 3월 대전지하철 1호선이 스크린도어를 완비하여 개통했다.

인천메트로는 2008년 인천터미널역과 부평역 스크린도어 설치를 시작으로 현재 29개 역 중 12개 역에 설치했다.

열차 출입문과 함께 열고 닫히는 스크린도어 옆에는 '비상시 사용하는 문'이 있다. 스크린도어가 오작동했을 때나 비상 상황을 대비하여 사용하는 장치로 '비상시 사용하는 문'이라고 쓰여 있는 막대를 누르면 쉽게 열 수 있다.

더디기는 하지만 지하철역에 스크린도어가 설치되는 건 안전성과 쾌적성에서 매우 반가운 일이다. 스크린도어가 우리 안전을 완벽하게 보장해 주는 것은 아니니, 이제 우리가 관심을 가지고 안전수칙과 사용요령 등을 눈여겨볼 필요가 있다.

'꽈배기굴'을 아시나요?

성북행 전동차 안에서 재미있는 장면을 목격한 적이 있다. 젊은 여성 대여섯 명이 수다를 떨다가 청량리역에 도착하자 깜짝 놀라 '오른쪽' 하면서 우르르 내렸는데 일행 중 한 명이 미처 내리기 전에 문이 닫혔다. 그리고 안타깝게도 한 여성의 가방은 전동차 문 밖에 나가 있었다.

당황한 여성은 전동차 안에서 가방끈을 꽉 잡은 채 동료들에게 다음 역에서 내려 다시 올 테니 기다리라고 소리쳤다. 무심한 전동차는 출발했다. 사람들의 시선이 모두 그 여성을 향해 있었다. 그런데 청량리역에서는 분명 오른쪽 문이 열렸는데 다음 역, 그 다음 역 계속해서 왼쪽만 열렸다. 오른쪽 문이 열리기

를 손꼽으며 10여 분이 지나 성북역에 도착해서야 비로소 여성
은 가방과 함께 내릴 수 있었다.

지금도 전동차에서는 역마다 '내리는 문은 왼쪽이다, 오른쪽
이다' 라고 앵무새처럼 반복해서 안내하고 있어 조금만 미리 준
비한다면 내리는 데 불편이 없다.

우리나라 최초 철도는 1899년에 개통된 경인선(제물포-노량
진)이다. 당시 철도가 일본 제국주의 식민지 수탈수단이었다는
것은 잘 알려진 사실이다. 일본은 세계 최초로 상업적으로 철도
운행을 한 영국으로부터 철도를 도입하였는데, 영국은 지금까
지 자동차와 철도 모두 왼쪽 주행을 한다. 이것을 일본이 받아
들여 우리나라 철도는 왼쪽 주행으로 건설되었다.

하지만 도시철도법에 의해 뒤늦게 건설된 지하철은 지상 자동
차도로처럼 오른쪽 주행으로 되어 있었다. 예외적으로 1974년
경인선 전철화와 함께 서울지하철 1호선(서울역-청량리역) 구간
을 건설할 때, 경인선과 연계 운행하기 위해 할 수 없이 왼쪽 주
행으로 건설되었고 서울, 부산, 대구, 인천 등 전국 지하철은 모
두 오른쪽 주행이다.

가장 최근에 개통한 KTX와 인천공항철도는 옛 철도처럼 왼
쪽 주행이다. 최근 KTX를 타고 광명역에서 내린 나는 방향감각
을 잃고 반대방향으로 나온 적이 있다. 계양역에서 인천공항철
도를 환승할 때도 승강장 방향이 바뀌니 꼭 확인을 해야 한다.

이렇게 철도는 왼쪽 주행, 지하철은 오른쪽 주행으로 건설되다 보니 서로 연계 운행해야 할 때 작은 문제가 있었다. 가장 문제가 된 곳은 서울4호선 연장구간이다. 당고개-사당까지는 이미 오른쪽 주행으로 건설되어 있고, 이어 개통한 철도 안산선 금정-안산까지는 왼쪽 주행으로 건설되어 있다. 이것을 뒤늦게 과천선(사당-금정)으로 연결하려다 보니 운행 방향이 맞지 않는 것이었다. 이를 해결하기 위해 두 구간이 만나는 남태령-선바위 구간에 일명 '꽈배기굴'이라는 것이 생겼다.

'꽈배기굴'이란 터널이 한 번 꼬여 있는 형태로 전동차가 이 터널을 지나면서 고객들 모르는 사이 주행 방향이 바뀐다. 눈치 빠른 사람들은 마술을 보듯 매우 신기해 하는 구간이다.

지하철은 오른쪽 주행을 하지만 출입문이 반대로 열리는 곳이 있다. 인천메트로 작전역과 신연수역처럼 승강장이 가운데에 있는 일명 '섬식승강장'이 있는 곳이다.

500여 개 역이 거미줄처럼 연계된 수도권 전철, 지하철망은 이처럼 왼쪽, 오른쪽 주행이 혼재되어 있어 이용할 때마다 방향 감각을 잃을 수 있다.

타기 전에 목적지행이 맞는지 확인을 하고 앵무새같이 반복되는 안내방송에 좀 더 귀를 기울여야 하는 이유가 여기에 있다. 30초 이내에 출입문을 닫아야 하는 열차 운행의 속성상 미리미리 내릴 준비를 하는 여유가 필요하다.

한 할아버지와의 소중한 인연

한 할아버지와의 만남은 인천지하철 개통일, 1999년 10월 6일
로 거슬러 올라간다. 인천 계산동에 사는 할아버지는 개통 당일
신문에 조그맣게 실린 나의 사진을 오려들고 인천터미널역으로
찾아오셨다. 지팡이에 몸을 의지하고 와서는 "나도 조(趙)씨야"
라고 하셨는데, 찾아온 이유는 그것이었다.

최초 여성 역장으로 조씨 성을 가진 사람이 신문에 실린 것이
자신의 일처럼 기쁘고 좋아서 오셨다는 할아버지는 "정말 장해.
잘 해 봐" 하고 침이 마르도록 격려해 주셨다. 기분 좋은 일이었
지만 어르신 앞에서 어찌해야 할지 몰라 당황했다. 우린 일면식
도 없는 남남인데.

신문 한켠에 조그맣게 실린 나의 기사를 보고 찾아와 축하해 주는 사람이 있다는 사실이 믿기지 않을 만큼 신났다. 매스컴의 위력이었다. 칭찬에 인색한 우리 사회에서 내게 좋은 덕담과 격려를 주신 할아버지가 무척 감사했지만 그때뿐이었다. 나는 바쁜 일상 속에서 할아버지를 잊어갔다.

그리고 정확하게 개통 1주년이 되는 2000년 10월 6일 첫돌을 축하한다며 할아버지가 다시 나를 찾아오셨다. 기억력이 정확한 할아버지의 방문에 또 한 번 놀라지 않을 수 없었다. 그런데 또렷한 기억력과는 달리 거동은 일 년 사이 더 힘들어 보였다.

"생일 축하해. 인천지하철은 사고도 없고 무척 깨끗해. 우리 집 앞에 계산역이 생겨서 얼마나 좋은지 몰라. 인천지하철이 최고야. 힘들지 않아?" 하시면서 신문지에 둘둘 말아들고 온 선물을 내미셨다. 신문지 속에는 200년쯤 되었다는 낡은 거북벼루와 두 권의 책이 있었다.

"이거 아주 귀한 벼루인데 난 이런 거 많아. 버리지만 말고 이 물건이 어디로 흘러가는지만 챙겨 봐. 책은 틈나는 대로 읽고."

할아버지가 직접 고르셨다는 두 권의 책은 어르신이 어떻게 이런 책을 고르셨나 싶을 정도로 내용이 좋아서 다른 사람들에게도 똑같은 책을 구입해 선물하곤 했다. 나는 할아버지의 연락처를 물었다.

할아버지는 기다렸다는 듯이 종이 위에 한문으로 이름, 주민등록번호 앞자리, 전화번호 그리고 주소를 적으셨다. 내가 궁금해 하는 것을 다 알고 있는 듯 써내려간 연락처를 보며 진즉 챙기지 못한 것을 후회했다. 그때 할아버지 연세는 83세였다.

할아버지는 일제강점기 때 신이 내린 직장이라는 한국은행에서 근무한 엘리트였다. 그 자부심이 온몸에 배어 있었다. 하나를 여쭤 보면 막힘없이 답변을 하시는 바람에 오래도록 대화를 나누었다. 인천지하철을 누구보다 좋아하고 자랑하는 할아버지를 위해 무언가를 해 드리고 싶었다.

그 이듬해 여름, '인천지하철 수송인원 1억 명 돌파 기념식'이 인천터미널역에서 개최되었을 때, 나는 할아버지를 초청했다. 더운 날씨였지만 할아버지는 말쑥하게 양복까지 갖춰 입고 오셨다. 더위보다도 지팡이에 의지해 다니는 모습이 더 안타까웠지만 할아버지는 연신 웃으며 행사장을 빛내 주셨다.

그 후에도 할아버지는 인천지하철뉴스를 빼놓지 않고 챙겨 주시고, 파업할 때는 걱정과 안타까움을, 서비스 대상을 받았을 때는 격려와 칭찬을, 간간이 발생하는 안전사고 뉴스를 들었을 때는 안타까움과 걱정이 담긴 전화를 주셨다.

할아버지는 내게 완벽한 모니터였다. 인천지하철소식은 그분의 일상이 된 것 같았다. 놀러 오시라는 나의 제안에 몸이 안 좋아져 꼼짝 못하고 있다는 할아버지는 내가 다른 부서로 옮겼을 때도 격려의 전화를 주셨다.

“축하해. 인천터미널역에서 고생 많았지? 새로 옮긴 부서에서도 열심히 해 봐.”

사람들의 인연에는 분명 무언가가 있다. 인연은 힘이나 의지만 가지고 만들 수 없고 억지로 꿰맞출 수 없다. 그래서 잠시 스쳐지나가는 인연일지라도 모두 소중하고 아름답다고 하는가.

지하철 개통일부터 이어지는 할아버지와의 인연은 나의 존재와 가치를 다시 생각하게 하고, 힘들 땐 에너지원이자 활력소가 되고 있다. 세월이 흘러도 변함없이 인천지하철을 사랑하시는 할아버지 내외분이 오래오래 건강하셨으면 좋겠다.

보이지 않은 장벽, 유리천장

노동부에서 주관하는 여성 관리자 교육에 참여했다. 오랜만에 받는 외부교육이었는데, 신종 플루엔자 확산을 우려하는 가운데 1박2일의 교육이 시작됐다.

전문성 등 실력과 노력으로 자신의 영역을 구축해 온 대기업의 부장급·이사급 여성들, 어렵사리 팀장에 올랐다며 의욕과 에너지가 넘치는 중견기업의 젊은 여성들, 되돌아보니 경쟁보다는 비교적 순탄한 길을 걸어왔노라고 자평하는 병원 여성 관리자들, 그리고 행정일을 도맡아하는 간부급 수녀들도 있었다. 강의도 좋았지만 전국에서 모인 100여 명의 여성 관리자들과 대화를 많이 나눌 수 있어서 좋았다.

‘나의 리더 역량’을 평가하는 시간이 있었다. 바쁘다는 핑계 속에 하루하루 앞만 보며 달려온 지난 시간을 방해 없이 길게 회고해 보는 시간이었다.

각자 평가한 자신의 리더 역량점수를 발표한 후 나는 앞에 불려가 뜻밖의 상을 받았다. 여성 리더로서 역량이 높아 받은 것이 아니라 남성 리더 역량점수가 가장 높게 나온 것으로 보아 오랫동안 마음고생을 많이 했을 거라며 준 위로의 상이었다.

나는 교육에 참석한 여성 관리자들의 입장이 모두 비슷할 것이라 짐작하면서 상을 받은 건 행운이라고 생각했다.

그런데 같은 방을 쓰게 된 한 대형병원의 간호부장과 대화를 나누면서 내 생각이 잘못됐음을 알았다. 상대적으로 여성들이 많고 여성들과 주로 생활하며 경쟁하는 간호사들, 그리고 수녀들은 우리 사회의 ‘glass ceiling(유리천장)이라는 벽’을 전혀 실감하지 못하고 있었다.

직장 여성들이 싫어하는 단어 중 하나인 유리천장. 누워서 하늘을 볼 수 있도록 투명하게 천장을 꾸민 ‘하늘 펜션’은 얼마나 낭만적인가. 그런데 영어로 ‘glass ceiling’이란 여성들의 고위 또는 중간 관리직 진출에 방해가 되는 무형의 장벽, 즉 내가 올라가야 할 계단은 훤히 보이지만 유리로 막혀 있어서 올라가지 못하는 것을 의미한다.

우리나라 노동연구원 조사에 따르면 국내 기업체 임원급 중 여성 비율은 2% 내외이니 기업에서 여성들이 유리천장을 뚫기가 얼마나 어려운지 실감할 수 있다.

이런 상징어는 여성이 많은 직업군에서 남자 직원이 아주 빠르게 경영진으로 승진하는 것을 의미하는 'glass elevator'(유리엘리베이터), 실패 가능성이 높은 프로젝트의 책임자로 여성이 진급하는 것을 의미하는 'glass cliff'(유리절벽)가 있다.

우리나라에서 손꼽히는 여성 리더들은 공통적으로 '유리천장'을 뚫고 리더로 우뚝 서기 위해 육아문제를 두려워 마라, 원칙에 따라 정면 돌파하라, 감성적 능력과 친밀한 커뮤니케이션 능력을 최대한 활용하라, 자신의 위치를 지킬 수 있는 전문성을 갖추라고 말한다.

〈유리천장 통과하기〉라는 책에는 여성의 직장 내 성공 조건으로 '역량, 성과, 관계, 인내'를 강조하고 있다. 또 여성들이 출세의 '쌍기역' 7가지, '끼, 끈, 꿈, 깡, 꾀, 꼴, 꾼'을 갖추라고 조언하기도 한다.

100여 년 전부터 세계는 '여성의 날'을 지정, 여성의 지위 향상과 노동조건 개선, 직장 내 양성평등을 위해 애써오고 있다. 느리긴 하지만 최근 많은 분야에서 여성들이 자신의 능력을 입증하며 '유리천장'을 조금씩 깨고 있다는 소식이 항상 반갑고 또 기다려진다.

21세기 경제와 소비시장의 핵심 키워드는 여성이다. 가계지

여성 관리자 교육 중 방송인 김미화, 서울메트로 황춘자 홍보실장과 함께

출의 80%를 결정하는 여성들이 경제활동의 주체이며, 유행과 트렌드의 선도자이기 때문이다.

어느 직종, 누구에게나 어려움과 편견은 있다. 여성들은 보이지 않는 장벽, 유리천장을 통과해야 하는 보이지 않는 과제가 하나 더 있는 만큼 능력 발휘를 위해 도전의식과 남다른 노력을 더 해야 한다. 이번 워크숍을 통해 여성들의 역할이 더 넓고 크게 보이기 시작했다.

구안괘사, 그리고 인천지하철 개통

1999년 10월 6일은 인천지하철 개통일이다. 아직도 이 날이 더 뜻깊게 다가오는 이유는 당시 개통식이 인천터미널역에서 있었고, 나는 그곳의 역장이었기 때문이다.

개통을 축하하러 온 김대중 대통령도 가까이에서 만나뵈었고 또 전국 최초 여성 역장으로서 자연스레 언론의 관심을 끌었다.

그날이 더욱 생각나는 이유는 또 있다. 행사 준비 부담과 스트레스로 얼굴에 마비증세가 나타난 것이었다. 입이 돌아간 것은 아니어서 찾아오는 사람들을 만나긴 했으나 편하게 먹을 수도 웃을 수도 없었다.

개통을 앞두고 찾아온 구안괘사. 나는 모처럼 병원 침대에 편안히 누워 거울 속 내 얼굴을 들여다보았다. 거짓말처럼 얼굴 반쪽이 움직이지 않는 것을 보고 서글프기도 하고 부끄러워 사람들과 마주하는 것을 피했다. 의사는 무조건 쉬라고 했지만 쉬기는커녕 행사장에 온 손님들 안내는 끝이 없었다. 그런 것은 다 견딜 수 있었지만 얼굴이 편치 않은데 인터뷰를 해 달라며 코앞으로 들이미는 방송카메라가 큰 부담이었다.

전국 최초 여성 역장이라는 타이틀이 가져다 준 과분한 관심은 빛바랜 사진으로 남아 있는데 자세히 보면 편치 않은 얼굴이다.

당시 격려와 용기를 주며 역장직을 잘 수행하도록 지원해 준 초대 정인성 사장님은 고인이 되셨다. 나는 정 사장님의 격려 속에 전국 최초 여성 역장이 되었고 매일 2만여 명의 고객들을 만나는 행운을 누렸다.

정 사장님은 인천지하철건설본부장을 역임하셨기에 인천지하철에 누구보다 많은 애정을 쏟았다. 시민들도 그분 못지않게 지하철 개통을 손꼽아 기다렸다. 계산동에 사는 할아버지는 지팡이에 의지하여 계산역과 인천터미널역을 자주 이용한다며 웃으셨다.

교통의 외지였던 귤현동 주민들은 도심으로 연결되는 지하철 덕분에 생활패턴이 달라졌다며 인천터미널역을 찾아 쇼핑을 즐겼다. 어떤 이는 늦은 밤에도 택시 탈 염려가 없어졌고 교통비도 절약된다고 말했다. 만원버스에 시달리던 학생들은 지각 걱정

없이 편히 통학할 수 있게 됐다고 좋아했다. 반면 지하철의 혜택을 받지 못하는 지역 주민들은 부러움과 아쉬움을 토로했다.

인천지하철 개통 10년이 되는 2009년에 송도 연장선 6개 역이 추가 개통되었다. 공항철도와 환승되어 더욱 편리해진 인천지하철은 하루 평균 22만 명이 이용하고 1억2,500만 원을 벌고 있다.

인천지하철 개통 기념 화환 열차

개통 당시 가장 승객이 적었던 귤현역, 문학경기장역, 동막역, 박촌역은 역세권의 힘을 과시하며 이용객들을 유혹하고 있다. 이렇게 인천지하철은 교통난을 획기적으로 개선하고, 균형 잡힌 도시발전을 유도하였으며, 에너지 절약은 물론 대기오염, 소음, 분진 등 공해를 줄이는 녹색도시를 만드는 데 기여하고 있다.

개통 10년을 맞아 '인천지하철공사'라는 명칭은 역사 속으로 사라지고 '인천메트로'가 탄생했다. 환경과 고객을 먼저 생각하고 성장과 글로벌 도약을 실천하는 세계 속의 기업이 되기 위해 새로운 창업을 선포한 것이다.

10여 년 전 인천지하철 개통을 손꼽아 기다리던 시민들의 열망을 생각하며 더욱 안전하고 건실한 공기업으로 거듭나길 기대한다.

지하철은 이제 하루도 뉴스에서 빠지지 않는 주요 아이템이며 우리의 일상적인 생활공간이다. 이곳에서 재능기부자들이나 자원봉사자들이 모여 승객들에게 희망과 즐거움을 베푸는 모습은 익숙하다.

그러나 '시민의 발'을 자처하는 지하철 이용 환경은 그리 쾌적하지만은 않은 것 같다. '개똥녀', '막말남', '패륜녀', '욕설 할머니' 등 지하철 내 모습을 잘 보여 주는 신조어들이 인터넷 검색어 상위를 지키고 있기 때문이다. 이런 용어들은 말 그대로 쾌적하지 않다는 현실을 대변한다.

최근 한 포털이 대학생 894명을 대상으로 설문조사를 했는데 응답자의 약 87%가 지하철 이용 중 '욱하게 하는 불쾌한 경험을 한 적이 있다'고 응답했다고 한다. '욱하는 순간 어떻게 반응했느냐'는 질문에는 ◉ 되도록 감정을 다스리고 참았다 ◉ 자리를 피해 버렸다 ◉ 양해를 구하거나 좋게 말해서 상황을 해결했다 ◉ 승무원 등 주위에 도움을 요청한다 ◉ 바로 항의하거나 시정 요구한다 ◉ 화를

내거나 싸운다 순으로 나타났다. 적극적으로 대응한 사람은 10명 중 1명꼴이다.

대학생들을 욱하게 만드는 최악의 꼴불견 다섯 가지는 ◉ 사람들을 불편하게 만드는 잡상인, 구걸행위, 전도 및 포교 등 종교활동 ◉ 불필요한 신체접촉 ◉ 상대 가리지 않고 마치 자기 자리인 양 양보를 요구하는 어른들 ◉ 쉴 새 없이 떠드는 휴대전화 통화 및 영상통화 ◉ 욕설이나 막말 등으로 공포 분위기를 조성하는 막장남, 막장녀 순이었다.

이 외에도 ◉ 임산부, 장애인, 노약자를 보고도 못 본 척 자리를 양보하지 않는 건강한 사람들 ◉ 만취하여 주정부리는 취객 ◉ 승객들을 불편하게 만드는 쩍 벌리거나 꼬고 앉은 다리 ◉ 내리기 전에 밀고 들어오는 승객 ◉ 무임승차자 ◉ 뛰거나 소리를 지르며 말썽부리는 아이와 이를 제지하지 않는 부모 ◉ 새치기 ◉ 과도한 애정 행각이나 스킨십 ◉ 이어폰 없이 DMB 시청 ◉ 과도한 노출 ◉ 자리만 보면 전력 질주하는 사람 순이었다.

누구나 한 번쯤은 목격하고 불편을 느낀 경험이 아닌가?

오랜 세월 동안 수많은 지하철 종사자들과 자원봉사자들이 나서서 질서 안내, 홍보, 교육, 캠페인 등 다양한 방법을 동원하여 쾌적한 지하철을 만들자고 호소해 왔지만 이 순위는 거의 달라지지 않았다. 오히려 예전보다 공공질서와 예절이 더 사라진 것 같다고 말하는 사람들만 늘었다.

글을 쓰면서 기관사와 기술자들의 영역에 관심을 갖고 그들의 목소리를 들을 수 있었던 것은 내겐 큰 경험이자 행운이었다.

이 책이 여러 해에 걸쳐 쓴 글이다 보니 지금의 현실과 조금 다른 부분도 있지만, 하루 1천만 명이 이용하는 우리 대중교통을 다 함께 즐겁고 쾌적하게 이용할 수는 없을까 하는 작은 고민을 담아 보려 노력했음을 이해해 주었으면 좋겠다.

대중교통 지하철의 주인은 사장도, 역장도, 직원도 아니다. 이를 이용하는 승객들이 주인이다. 이 책을 통해 서로 조금 더 배려하고, 인내하고, 이해하는 마음을 함께 할 수 있다면 이것 또한 고객서비스이자 작은 성과라 믿는다.

고객과 소통하고 기업의 비전과 꿈을 실현하기 위해 독서경영을

선포하고 다양한 책읽기를 리드하며 책 발간을 적극 지원해 주신 인천메트로 이광영 사장님과 이기천, 오세현 본부장님, 맹윤영 기획처장님, 나와 동고동락하는 홍보부 유창수, 김기훈, 이정미 사원, 마지막으로 값진 지면을 허락해 주신 한창원 기호일보 사장님과 김정배 편집국장님께 깊은 감사를 표하고 싶다.

끝으로 12년 전(1999년 7월 2일) 멋진 여성 리더가 되라고 용기를 주시며 우리나라 최초 여성 역장 임명장을 쥐어 주고 떠나신 고 정인성 사장님. 생전에 틈틈이 인천터미널역을 방문하여 각종 문화 행사를 지켜보시고 취객과 민원인에 시달리는 여성 역장에게 격려를 아끼지 않으셨던 정 사장님 영전에 이 책을 바친다.